# DIE ZEIT

## KRIMIS FÜR JUNGE LESER

# Jenny Valentine
# Wer ist Violet Park?

*Aus dem Englischen von Klaus Fritz*

Zeitverlag Gerd Bucerius GmbH & Co. KG

Lizenzausgabe des Zeitverlag Gerd Bucerius GmbH & Co. KG, Hamburg,
für die ZEIT Edition »Krimis für junge Leser«, 2011
Herausgeberin: Susanne Gaschke

Umschlagillustration: Ulf K.
Umschlaggestaltung: Buchholz Graphiker
Satz und Repro: Buch-Werkstatt GmbH, Bad Aibling
Druck und Bindung: CPI Books GmbH, Leck
Printed in Germany
ISBN 978-3-440-13113-8

# Inhalt

Für Alex und sein Tardisherz

# Eins

Das Minicar-Büro lag in einer Pflasterstraße mit niedrigen kleinen Häusern auf beiden Seiten. Dort begegnete ich Violet Park zum ersten Mal, jedenfalls dem, was von ihr übrig war. Nebenan war ein Gesundheitszentrum – eine reichlich angeberische Bezeichnung für einen Laden mit einer ramponierten braunen Tür ohne richtige Klinke und einer angenagelten Hausnummer aus Holz, die Clowns darstellen sollte. Die 3 von der Nummer 13 war ein W, das hochkant an der Mauer steckte, ich fand es ziemlich traurig und trotzdem gefiel es mir.

Eigentlich nehme ich nie das Taxi, aber es war fünf Uhr morgens, ich war zu müde, um zu Fuß irgendwo hinzugehen, und hatte in meiner Manteltasche gerade einen Zehner gefunden. Ich trat ein, um mich nach Hause fahren zu lassen, und als ich in dieses Büro schlenderte, hatte ich die unheimlichste Begegnung meines Lebens.

Wie sich herausstellte, gehörten die zehn Pfund gar nicht mir. Meine Schwester Mercy hatte sich am Vorabend meinen Mantel ausgeborgt – ohne zu fragen –, obwohl Jungsklamotten ihr nicht passen und der Mantel mindestens zwei Nummern zu groß war. Wegen dem Geld war sie stocksauer auf mich. Ich sagte, sie könne es doch als Leihgebühr betrachten, und wäre die Welt nicht besser, wenn alle aufhören würden, sich Sachen zu nehmen, die ihnen nicht gehörten?

Es ist komisch, wenn du über so entscheidende Momente im Leben nachzudenken anfängst, über zufällige Begebenheiten, die am Ende ungeheuer viel bedeuten. Manchmal, wenn ich mich entscheide, welchen Weg ich einschlage, sagen wir zum Kino in Camden, kommt mir dieses Gefühl, wenn ich den falschen Weg wähle, passiert mir vielleicht etwas Schreckliches, an irgendeinem Ort, an dem ich nichts zu suchen gehabt hätte, wenn ich mich nur klug entschieden hätte. Wenn man so denkt, kann es wirklich furchtbar schwierig werden, sich zu entscheiden, denn ich frage mich andauernd, was mit all dem passiert, wofür wir uns nicht entscheiden. Meine Mutter zum Beispiel sagt, kaum hätte sie meinen Vater geheiratet, sei ihr klar geworden, dass sie einen Fehler gemacht hätte, und noch während sie durch den Mittelgang der Kirche zurückging, sah sie durch den Türbogen irgendwie sich selbst, unverheiratet, draußen im Sonnenlicht umhertanzend, vollkommen sorgenfrei, und da hätte sie sich am liebsten übergeben. Ich mag die Vorstellung, wie sie an Vaters Arm hängt, gekleidet wie ein Stück Schaumgebäck, mit hochgestecktem klebrigen Haar, und überlegt, ob sie auf den Kirchenteppich spucken soll. Ich muss dann immer grinsen.

Jedenfalls hatte Mercy beschlossen, sich meinen Mantel auszuleihen, und vergessen, ihr Geld herauszunehmen, und ich hatte beschlossen, die ganze Nacht bei meinem Freund Ed im Haus seiner eleganten Mutter zu verbringen (Miss Dänemark 1979, mit Sprechunterricht), und dann traf ich die Entscheidung, ein Taxi zu nehmen.

Es war dunkel in dem Sträßchen, blauschwarz mit einem Hauch Orange von den Lampen an der Durchgangsstraße, fast Morgen und irgendwie außer der Zeit. Meine Schuhe dröhnten dermaßen auf den Pflastersteinen, dass ich anfing mir vorzustellen, ich sei in einer früheren Zeit, in einer Art viktorianischem Rotlichtviertel. Das Minicar-Büro, das ich betrat, war modern und ziemlich hässlich. Eine von den drei Neonröhren an der Decke ging dauernd an und aus, aber die anderen funktionierten tadellos und waren viel zu hell, weshalb mir die Augen schmerzten und alle irgendwie grau und teigig und krank aussahen. Außer mir waren keine Kunden da, nur gelangweilte, schläfrige Fahrer, die auf die nächste Tour warteten, Kette rauchten oder drei Tage alte Zeitungen lasen. An der einen Wand war eine gerahmte Karte von Zypern und einer von diesen Gasheizern, die angeblich tragbar sind und bei denen man eine große Flasche hinten reinklemmen muss. Wir hatten so einen in der Jugendherberge, als wir letztes Jahr einen Schulausflug zu den Brecon Beacons machten. Man kann diese Oschis nicht tragen. Der Typ am Telefon saß in seinem kleinen Kabuff, das ein paar Stufen erhöht war und von dem aus man alle anderen sehen konnte, und man merkte, dass er außerdem noch der Boss von dem ganzen Laden war. Er hatte eine Zigarre im Mund und redete, und der Rauch drang ihm in die Augen, die er deshalb zukneifen musste, und seine Zigarre wippte auf und ab, während er sprach, und es war klar, dass er sich für so eine Art Tony Soprano hielt.

Alle sahen mich unverhohlen an, als ich reinkam, weil ich das Ereignis war, das in ihrer langweiligen Nachtschicht passierte, und plötzlich war mir ganz schwindelig, und in mir wurde es heiß und kalt, heiß und kalt. Ich bin ziemlich groß für mein Alter, aber dass sie alle von ihren Stühlen zu mir hochstarrten, gab mir das Gefühl, so was wie ein komischer Riese zu sein. Der einzige Mensch, der mich nicht anstarrte, war Tony

Soprano, deshalb richtete ich meine Aufmerksamkeit halb auf ihn und lächelte, damit alle sahen, dass ich freundlich war und ihnen keinen Ärger machen würde. Er kaute auf dieser Zigarre herum, drehte sie zwischen den Zähnen und paffte so heftig, dass sich sein kleines Kabuff mit Qualm füllte. Ich dachte, wenn ich lange genug hier rumstehe, verschwindet er vielleicht wie durch einen Zaubertrick. Der Rauch quoll durch die Risse und Fugen seines mickrigen Kontrollturms, und mir wurde schlecht davon, so dass ich mich immer noch lächelnd nach etwas anderem umschaute, auf das ich blicken konnte.

Da sah ich zum ersten Mal Violet. Ich sage »Violet«, aber es ist eigentlich nicht richtig, denn ich kannte damals nicht einmal ihren Namen, und was ich wirklich sah, war eine Urne, in der sie drin war.

Die Urne war das Einzige in diesem Laden, das anzusehen sich lohnte. Vielleicht lag es daran, dass ich die ganze Nacht durchgemacht hatte, vielleicht musste ich mich dort drin an etwas festhalten, damit ich nicht umkippte; ich weiß es nicht, jedenfalls fand ich eine Urne. An einer holzverkleideten Wand, nach Art einer Blockhütte, war auf halber Höhe ein Regalbord mit ein paar Illustrierten drauf und einer Tasse und einer Untertasse, wie man sie in Gemeindesälen und Krankenhäusern sieht. Daneben war eine Urne, was ich zu der Zeit aber nicht wusste, ich hielt sie für eine Art Pokal oder dachte, sie sei mit Keksen gefüllt oder was weiß ich. Sie war aus Holz, gemasert und mit reichlich Lasur überzogen, die das Licht einfing und mir entgegenspiegelte. Ich starrte das Ding an und versuchte herauszufinden, was es genau war. Dass jemand hinter mir redete, fiel mir gar nicht auf, bis mir der Geruch der Zigarre richtig stark in die Nase drang und mir klar wurde, dass der Dicke am Telefon seine Tür geöffnet hatte, weil ich nicht auf ihn aufmerksam geworden war, obwohl er ans Fenster geklopft hatte.

»Du bist doch nicht wegen ihr gekommen, oder?«, fragte er, und ich verstand den Witz nicht, aber die anderen schon, denn alle fingen sofort an zu lachen.

Dann lachte ich auch, weil es komisch war, dass sie alle lachten, und sagte: »Wegen wem?«

Die Zigarre hüpfte mit jeder Silbe abwärts zu seinem Kinn, und er nickte zu dem Regal hinüber. »Wegen der alten Dame in dem Kasten.«

Ich lachte weiter, aber ich kann mich eigentlich nicht erinnern, ob ich es lustig fand oder nicht. Ich schüttelte den Kopf, und weil ich nicht wusste, was ich anderes sagen sollte, sagte ich: »Nein, ich möchte gern ein Taxi zum Queens Crescent«, und ein Fahrer namens Ali erhob sich, und ich ging hinter ihm hinaus zu seinem Wagen. Ich folgte ihm über das Pflaster bis zur breiteren Durchgangsstraße.

Ich fragte Ali, was er von der toten Frau auf dem Regal wisse. Er sagte, als er hier zu arbeiten angefangen habe, vor anderthalb Jahren, sei sie schon da gewesen. Jemand hatte sie in einem Taxi vergessen und sie nie abgeholt, und wenn ich die ganze Geschichte erfahren wolle, müsse ich mit dem Boss reden, dessen Name ich sofort vergaß, weil er für mich immer Tony Soprano war.

Die Sonne ging auf, und die Häuser mit dem Licht dahinter wirkten wie ihre eigenen Schatten, und ich dachte, wie kann denn jemand für alle Ewigkeit auf einem Regal in einer Minicar-Zentrale liegen bleiben? Ich hatte vom Fegefeuer gehört, dem Ort, wo du warten musst, wenn sich Himmel und Hölle nicht sicher sind, ob sie dich wollen, aber ich hätte nie gedacht, dass es bedeutet, bis in alle Ewigkeit bei Apollo Cars in einer Kiste zu stecken. Die Frage ging mir andauernd durch den Kopf, und ich spürte, wie sie sich in irgendeiner dunklen Ecke in meinem Schädel verkroch, um auf später zu warten.

Wenn ich jetzt darüber nachdenke, dann drehte sich wieder mal alles darum, eine Entscheidung zu treffen. Mein besseres Selbst stieg an diesem Morgen nicht einfach so ins Taxi. Mein besseres Selbst marschierte geradewegs wieder hinein und rettete Violet vor dem Zigarrenqualm und dem plärrenden Funkgerät und dem Instantkaffee und dem Gelaber der Typen, die eigentlich hätten wissen müssen, dass man nicht so daherredet, wenn eine alte Dame dabei ist. Und nachdem mein besseres Selbst Violet aus der Gefangenschaft der Minicar-Zentrale befreit hatte, holte es sie aus ihrem hölzernen Topf heraus und verstreute sie bei Sonnenaufgang mit vollen Händen kreuz und quer über die Kuppe von Primrose Hill.

Aber mein wahres Selbst, das enttäuschende, das stieg mit Ali in den Wagen und nannte ihm meine Adresse und ließ sie dort alleine zurück.

* * *

Mein Name ist Lucas Swain, und ich war fast sechzehn, als das anfing, in jener Nacht, in der ich zu lange bei Ed geblieben war und Violet in der Urne begegnete. Ein paar Dinge über mich, falls es euch interessiert. Ich habe eine Mutter namens Nick und einen Vater namens Pete (irgendwo) und eine große Schwester namens Mercy, die Klamottenausborgerin, die ich schon erwähnt habe. Sie ist gerade auf dem Höhepunkt einer sarkastischen Phase, die vielleicht schon sechs Jahre dauert. Ich habe auch einen kleinen Bruder namens Jed.

Hier ist etwas über Jed. An den Tagen, an denen ich ihn zur Schule bringe, denkt er sich immer etwas Komisches aus, das er mir dann erzählt. Wir sind immer an derselben Stelle, wenn er mir diese komische Sache erzählt, auf dem letzten Stück des Wegs, gleich nachdem wir um die Ecke in die Princess Road eingebogen sind. Wenn Jed sich schon früh etwas ausgedacht hat, merkt man es daran, dass er es nicht erwarten kann, bis er dort ist, und an den Tagen, an denen ihm nicht so richtig etwas einfallen will, trödelt er, und dann kommen wir zu spät, was uns beiden egal ist. Und wenn er mir dann die Pointe der Geschichte erzählt, ist das seine Art, sich zu verabschieden.

Außerdem ist an Jed noch toll, dass er unseren Vater nie kennengelernt hat und ihm das nichts ausmacht. Vater verschwand, kurz bevor Jed geboren wurde, also haben sie sich nie gesehen. Jed weiß überhaupt nichts von ihm.

Davon hat Vater uns viel hinterlassen, von diesem Nichtwissen. Mutter zieht über ihn her, weil er verschwunden ist, und ich höre mit halbem Ohr hin und nicke, weil es ihr dann besser geht. Aber ich mache mir Sorgen, sie könnte vielleicht ungerecht sein, denn falls er von einem Bus überfahren wurde oder in einem brennenden Haus festsaß oder aus einem Flugzeug stürzte, wie hätte er uns denn benachrichtigen können?

Ich habe mal einen Film gesehen über einen Außerirdischen, der in einem menschlichen Körper auf die Erde kam und in einer Nervenklinik landete. Er konnte allen Leuten diese verblüffenden Dinge beibringen und sagte den Ärzten andauernd, wer er sei und wo er herkomme und was alles an Geheimnissen des Weltalls und so er zu bieten habe, aber die hielten ihn einfach für verrückt und pumpten ihn mit Medikamenten voll, und er blieb dort, bis er starb. Vielleicht ist so etwas meinem

Vater passiert. Er will uns um alles in der Welt anrufen, und das schon seit fünf Jahren, aber wo auch immer er eingesperrt ist, er darf dort nicht telefonieren, und er wartet einfach nur darauf, dass wir ihn finden. Solche Gedanken und ähnliche habe ich mindestens einmal am Tag.

Wie gesagt, das Schlimme daran ist das Nichtwissen.

# Zwei

Ali setzte mich vor unserem Haus ab, und obwohl die anderen gerade aufstanden, ging ich gleich zu Bett. Meine Mutter lief im Schlafanzug ein paarmal an meinem Zimmer vorbei und versetzte mir ihren speziellen »Du warst zu lange weg«-Blick, aber ich tat so, als würde ich es nicht bemerken.

Ich lag eine Ewigkeit da, ohne dass ich einschlafen konnte. Jed hatte das Samstagmorgenfernsehen zu laut aufgedreht. Außerdem ließ Mutter irgendwas richtig Ödes im Radio laufen. Mercy hatte auf der Treppe meinen Mantel gefunden und ließ die Türen knallen und tobte wegen dem Geld, das ich für die Heimfahrt ausgegeben hatte, aber es waren nicht die anderen, die mich wach hielten. Das ist alles ganz normal für einen Samstag, und meist schlafe ich gleich durch. Immer wenn ich die Augen zumachte, war da die Urne auf ihrem beschissenen Regal und starrte mich finster an, und das machte mich so nervös, dass ich die Augen wieder aufschlug. Es war ein ungeheuer merkwürdiges Gefühl, dass eine Urne mir Vorwürfe machte.

Ich stand auf und zog mich an und ging raus, um mir auf dem Heath ein wenig die Beine zu vertreten. Es war ein schöner Tag, mit einem sagenhaft blauen Himmel und herbstlichen Farben und einer frischen Brise, die mich vergessen ließ, dass ich nicht geschlafen hatte, aber mich fallen lassen und entspannen, das

konnte ich nicht. Auf diesem Teil von Hampstead Heath sind
überall riesige Krähen. Sie haben gewaltige Füße und laufen
herum und starren auf ihre gewaltigen Füße, als ob sie nicht
glauben könnten, wie groß sie sind. Sie sehen alle aus wie
Schauspieler, die mit den Händen auf den Rücken dieses Stück
proben, in dem der König sagt: »Dies ist der Winter unseres
Missvergnügens ...«

Ich beobachtete sie eine Weile, dann ging ich auf den Drachen-
hügel und aß einen Apfel. Von da oben kann man so ziemlich ganz London sehen: St. Paul's, den Telecom-Turm, die
Gebäude von Canary Wharf und die Docks. Direkt unterhalb
von mir waren ein paar Läufer auf dem Leichtathletikpfad und
eine Menge Leute, die ihre Hunde ausführten, und kleine Kinder, aber nicht viele alte Damen, und da fragte ich mich, was
all die alten Leute, die in London leben, mit ihrer Zeit anfingen.
Was hatte die alte Dame in dem Minicar-Büro gemacht, bevor
sie in dieser Urne überhaupt nichts mehr machte?

Stand sie früh auf, ganz früh am Morgen, wie die meisten
Alten? Mutter behauptet, das liege an ihrer Arbeitsethik, aus
diesem Grund würden auch alte Männer Anzug und Krawatte
tragen statt Trainingshosen, und alte Damen würden eine halbe
Stunde vor Öffnung schon draußen vor dem Postamt Schlange
stehen und hätten richtig saubere Vorhänge und alles. Aber
bedeutet so früh aufzustehen nicht einfach nur, dass mehr
Stunden mit dem Altsein auszufüllen sind?

Ich hatte mich noch nie zuvor gefragt, wie es eigentlich ist, ein
Rentner zu sein. Ich schlängelte mich sonst immer nur auf dem
Gehweg um sie herum und lästerte mit meinen Freunden über
ihre komischen Haare und ihre weit oben sitzenden Hosen und
über ihre Eigenart, das Bezahlen an einer Kasse endlos hinaus-

zuzögern, nur damit sie jemand zum Reden haben. Zuvor war mir der Gedanke überhaupt nicht gekommen, und jetzt machte ich mir schon echt und ernsthaft Sorgen, wie es war, alt zu sein und in London zu hocken, wo sich alle ringsum schneller bewegen als man selbst und sogar die einfachste Besorgung letztlich den ganzen Tag kosten kann.

Es lag an ihr. Da bin ich sicher. Es lag an meiner alten Dame, der Toten in der Urne.

Ich weiß noch, wie ich da oben auf dem Hügel saß und hinter meinem Rücken Drachen durch die Luft peitschten und wie mir der Gedanke kam, dass sie und ich tatsächlich irgendwie mit einander redeten. Eine tote alte Dame versuchte, mir von ihrem Platz auf dem Regal etwas von den über Sechzigjährigen mit- zuteilen. Es war ein gutes Gefühl, ein Gefühl, wie wenn sich dir die Nackenhaare sträuben, wie wenn du ein irres Stück Musik hörst oder wenn du high bist und jemand neben dir sitzt, auf den du wirklich abfährst. Ich hatte den Verdacht, dass ich es mir einbildete, aber das spielte kaum eine Rolle. Ich bilde mir viele Dinge ein, die mir wichtig sind, zum Beispiel, dass ich für Mädchen unwiderstehlich bin oder launisch und geheimnisvoll wie mein Vater, oder was Vater wohl gerade macht, sogar jetzt in diesem Moment.

# Drei

Ich nahm den längeren Weg nach Hause, damit ich sehen konnte, was los war. Die Straße, in der wir leben, ist in Ordnung, denke ich. Es ist eine Marktstraße, täglich Obst und Gemüse und an Donnerstagen und Samstagen noch andere Sachen, wie frischer Fisch und Staubwedel und beschissene Klamotten und so Zeug, das Mercy samt und sonders für geklaut hält. Einmal ist einer der Typen vom Markt auf der Straße gestürzt und wäre fast von seinem eigenen Lieferwagen angefahren worden, und Mercy meinte: »Oh, sieh mal, der ist vom Laster gefallen«, und ich lachte mich halb tot.

Das eine Ende der Straße, wo der Markt ist, nennen meine Mutter und ihre Freunde die »zwielichtige« Seite. Ich weiß nicht, seit wann sie sich groß um die mehr oder weniger zwielichtigen Seiten des Lebens kümmert. Wir sind nur hier, weil die Eltern unseres Vaters Mitleid mit uns bekamen, als er verschwunden war, und uns das Haus gaben, während sie um die Ecke in betreutes Wohnen zogen. Davor hatten wir in einem Loch gelebt, und damals war sie bei etlichen Dingen noch nicht so etepetete.

Unsere Straße ist außerdem noch interessant, weil sie »Crescent« heißt, also halbmondförmig sein soll, aber soweit ich sehen kann, ist sie in Wahrheit schnurgerade.

Wir haben ein ganzes Haus für uns alleine, was heutzutage in diesem Teil von London selten ist. Immer mehr Leute zwängen sich in immer kleinere Räume, wie in New York. Mutter redet viel davon, dass sie das Haus verkaufen und aus London wegziehen will, außerhalb könne sie viel mehr für ihr Geld bekommen. Erwachsene verbringen viel Zeit damit, über Häuserpreise zu reden und wie viel sie draufschlagen könnten, wenn sie die Küche terrakotta streichen und eine Massagedusche einbauen würden. Es ist, als wären sie nie zufrieden mit den Dingen, wie sie sind, und meinten, sie wären glücklicher, wenn das Badezimmer anders aussehen würde. Ich weiß nicht, warum Mutter sich mit alldem rumschlägt, wo sie doch ohnehin nirgendwoanders hinzieht.

Jetzt kommt, woher ich das weiß.

Als Erstes würde Mutter auf dem Land nach etwa fünf Minuten verrückt werden. Selbst als wir einen Tagesausflug nach Bath machten, um all das römische Zeug anzugucken, ließ sie dauernd irgendwelche Bemerkungen fallen von der Art, wie kleinkariert und provinziell die Leute seien und dass niemand auf dem Land auch nur das geringste »Gefühl für die Weite« hätte. Zudem würde Jed seine Freunde vermissen, und Mercy würde völlig durchdrehen und von zu Hause abhauen, um in Sünde mit ihrem Freund in einer feuchten Bude zu leben, und auch mich würden keine zehn Pferde dorthin kriegen.

Anderswo kriegt man wahrscheinlich überhaupt nicht so viel mehr für sein Geld; das erzählen einem die Makler nur deshalb, weil sie sich das Haus der Familie krallen wollen.

Außerdem müssen wir hier sein, falls Vater zurückkommt, sonst findet er uns nie.

So ist es, wenn jemand verschwindet. Der hält einen dann in einer Zeitfalle fest. Man kann nichts ändern, nichts Wesentliches, weil das letztlich heißt, dass man die Hoffnung aufgibt.

Bei mir hat sich eine Menge verändert, seit er weg ist, ich bin vielleicht einen Meter größer geworden und rasiere mich fast jeden zweiten Tag, und auch mein Haar ist um einiges länger. Er würde mich womöglich nicht mal erkennen, wenn er an die Tür klopft und ich öffne, aber dafür kann ich nichts, und ich bin entschieden dagegen, sonst noch etwas zu verändern, nur für alle Fälle.

* * *

Mein Vater war ein ziemlich cooler Typ. Auf allen Fotos, die ich von ihm gesehen habe, sah er gut aus. Es ist nichts davon bekannt, dass er hochhackige Schuhe getragen hätte oder Jacketts, die zwei Nummern zu klein waren oder lächerliche Koteletten, wie die Väter von anderen Leuten. In einem Zimmer voll schwerer Geschmacksirrtümer hob er sich mit seiner unangestrengten Lässigkeit deutlich ab.

Jetzt trage ich die Anzüge und Hemden und Sachen meines Vaters, weil sie mir recht genau passen. Ich wollte nicht, dass Mutter sie rauswirft, weil ich ihn jederzeit zurückerwarte. Und ich schätze, es macht mich ganz stolz, dass ich jetzt groß genug bin, fast so groß wie mein Vater, als er fortging, mit genau derselben Schuhgröße (zweiundvierzig), aber es wurmt mich auch, weil er in der ganzen Zeit, die ich gebraucht habe, um aufzuwachsen, nicht zurückgekommen ist.

Mutter hasst mich dafür, dass ich Vaters Sachen trage. Als ich es zum ersten Mal tat, brach sie in Tränen aus. Sie sagt, ich sei schon viel zu sehr wie mein Vater damals war, als sie ihn kennenlernte, und weil es für sie nicht gerade ein Honigschlecken war, bedaure sie jetzt schon das Mädchen, das sich in mich verlieben werde.

Die Sache mit meinem Vater ist aber die, dass er nicht nur cool aussah, sondern es tatsächlich war, und ich kann seine Klamotten noch so oft tragen, das macht mich nicht zu ihm, niemals, auch nicht annähernd. Mein Vater war Journalist. In meiner Erinnerung ist er der Mann im Zimmer, um den die Leute sich scharen, der Mann, für den sie sich interessieren. Ich bin eher derjenige im Zimmer, von dem die Leute vergessen, dass er überhaupt da ist.

Meine Eltern waren vielleicht sogar ineinander verliebt, bevor sie heirateten. Ich glaube, sie verbrachten die beste Zeit ihres Lebens, bevor Mutter mit Mercy schwanger wurde. Alle hackten auf ihnen herum, weil sie es ohne Ringe an den Fingern trieben, also taten sie das einzig Richtige in einer Kirche, ehe die Beule, aus der dann Mercy wurde, groß genug war, um aufzufallen. Mutter behauptet, es sei nicht Mercy gewesen, wegen der alles schiefging, denn mein Vater sei gerne Vater gewesen. Es sei das Heiraten gewesen, das ihn wirklich abstieß, weil er es hasste, das zu tun, was man ihm sagte.

Was haben die Leute nur, dass sie trotzdem heiraten wollen? Ich weiß nicht, wie irgendwer sich bei derlei überhaupt je sicher sein kann. Ich kann mich nicht entscheiden, wie ich zur Schule gehe. Ich kann in einem Café nichts zu essen bestellen, ohne während der ganzen Mahlzeit darüber nachzugrübeln, dass ich die falsche Wahl getroffen habe. Ich glaube nicht, dass ich es je über mich bringe zu heiraten. Und nach dem zu schließen, womit ich Erfahrung habe, also nach meiner Familie (Beweisstück A: Ein großer, leerer Raum, wo früher mal ein Ehemann und Vater war), bin ich nicht sicher, ob es überhaupt der Mühe wert ist. Und wenn Mutter genau in dem Moment, als sie es getan hatte, wusste, dass es eine schlechte Idee war, warum hatte sie es dann nicht instinktiv eine Woche oder einen Tag oder auch nur zehn Minuten vorher gewusst? Das will mir einfach nicht in den Kopf. Und wenn ich sehe, womit Mutter nach so vielen Jahren dasteht, und sie klagen höre, dass sie sich nicht einmal daran erinnern kann, dass sie Vater liebte oder Kinder wollte oder was auch immer, verstehe ich gar nichts mehr.

Es macht mich entschlossen, mit offenen Augen durchs Leben zu gehen, selbst wenn das heißt, überhaupt keine Entscheidungen zu treffen.

# Vier

Am Montag schwänzte ich die Doppelstunden Erdkunde und Französisch und ging zurück in das Minicar-Büro, um mir die Urne noch mal anzusehen.

Es waren mehr Leute unterwegs, an der Durchgangsstraße hatten die Läden geöffnet, und es gab einige verbissene Streitereien um Parkplätze. Wenn es belebt war, war es hier eigentlich gar nicht so angenehm, aber in dem Sträßchen dann war es ziemlich ruhig. Eine Dame ging auf und ab, und zwar auf eine seltsam rhythmische Art, zum Beispiel vier Schritte vor – stop – auf die Zehenspitzen – stop – drei Schritte vor – stop, und als sie am Ende der Straße angelangt war, machte sie kehrt und fing von vorne an.

Als ich an ihr vorbeikam, sagte sie: »Verzeihung, aber hätten Sie vielleicht eine Zigarette für mich?«, und ich zuckte zusammen und sagte »Nein« und nahm die Hände aus den Taschen, um ihr zu zeigen, dass ich keine verborgen hatte. Und ich hatte wirklich keine, weil ich vielleicht ab und an mal Gras rauche, aber niemals Tabak rauchen würde, unter anderem aus diesen Gründen:

1. Er macht dich nicht high. Was ist der Witz, wenn du süchtig nach etwas bist, das dich umbringt und dich nicht mal zum Lachen bringt oder dir ein gutes Gefühl gibt und überhaupt?

2. Er bringt dich um.
3. Er riecht schlecht.
4. Zigaretten sind sehr billig herzustellen, aber es ist eine Menge Steuer drauf, die direkt an den Staat geht und den reich macht. Das heißt, die Leute, die sich eigentlich um unsere Gesundheit und unser Wohlergehen kümmern sollen und helfen sollen, für den Zusammenhalt der Gesellschaft zu sorgen, schlagen Profit aus etwas, das süchtig macht, dich nicht high macht und dich irgendwann umbringt. Außerdem bin ich nicht alt genug, um zu wählen, also versuche ich möglichst keine Steuern zu zahlen, wenn es irgend geht.
5. Mercy hat mir etwas über die Tabakkonzerne erzählt, nämlich dass sie ihre Farmer ausbeuten und ihnen fast nichts bezahlen. Mercys Freund raucht American Spirit, die sind anscheinend Fair Trade und bio, falls dir der Gedanke an eine Bio-Zigarette in den Kopf reingeht.
6. Zigaretten, die nicht bio sind, enthalten etwa 250 giftige Stoffe, die dich auch noch umbringen.

Ich stand eine Weile draußen vor Apollo Cars, während die Dame hinter mir auf und ab schritt, und versuchte mir auszudenken, was ich sagen könnte, wenn ich reinging. Da waren diese senkrechten Jalousien im Fenster, wie man sie bei Zahnärzten und in allzu trendigen Apartments sieht; von der Art, wie sie aus plastikartigen Kartonstücken hergestellt und durch billige Ketten aus Metallkügelchen verbunden werden. Die Jalousie war völlig verdreckt, aber ich mochte es, wie sie die Sicht ins Innere zerschnitt, als ob jemand ein Foto von einem Minicar-Büro aus einer Illustrierten genommen und es in Streifen geschnitten hätte. Wenn ich einen Schritt nach rechts machte, konnte ich die Urne auf ihrem Regalbrett sehen, und wenn ich wieder an meinen alten Standort zurückging, sah ich jemanden von der Seite und die Titelblätter von zwei verschiedenen Zeitungen. Die Urne dort drin wirkte verglichen mit allem anderen so wertvoll, so vollkommen fehl am Platz.

Wenn in diesem Moment jemand in die Straße gekommen wäre, hätte er eine Dame gesehen, die auf wahnwitzige Weise auf und ab ging, und einen Jungen, der von einem Fuß auf den andern trat, und er hätte sich dann höchstwahrscheinlich umgedreht und wäre wieder verschwunden.

Kaum war ich eingetreten, war mir klar, dass ich diese Sache nicht richtig durchdacht hatte. Ich war ganz schlecht vorbereitet. Ich konnte das Blut stoßweise in meinen Ohren rauschen hören. Zunächst einmal hatte ich länger, als mir bewusst war, draußen gestanden und Misstrauen erregt. Tony Soprano war schon auf halbem Weg seine Treppe herunter. Ob er mich nun von der letzten Nacht her noch kannte oder nicht, er hatte vollkommen recht, mich für einen Spinner zu halten. Ich vertrat mir irgendwie die Füße auf der Stelle und grinste wie ein Trottel. Und überhaupt, irgendwo reinzuplatzen wegen der sterblichen Überreste einer Unbekannten, das war nicht gerade das Vernünftigste, was ich je getan hatte.

Er fragte mich, ob ich ein Taxi bräuchte, und ich sagte Nein, und als er mir dann den Rücken zuwandte, überlegte ich es mir und sagte Ja, und er lachte und fragte, ob ich Geld hätte, und das hatte ich nicht. Da forderte er mich auf zu gehen, was nicht der ideale Zeitpunkt war, um ihn nach der Dame zu fragen. Er kam jetzt geradewegs auf mich zu, und er wirkte dabei jünger, als es den Anschein hatte mit seinem fahlen Gesicht und den grauen Augenringen und dem Mund, aus dem er nach Zigarre roch.

Dies ist, soweit ich mich erinnere, das Gespräch, das ich mit Tony Soprano führte.

Ich: Warum haben Sie die Asche einer toten Dame?

TS: Was geht dich das an?

Ich: Gehört sie Ihnen?

TS: Wie bitte? *(Sieht seine Kollegen an.)* Was für eine Frage!

Ich: Ich meine, kannten Sie sie? War sie eine Verwandte oder so?

TS: Nein.

Ich: Was werden Sie mit ihr machen?

TS: Mit wem? Geht dich nichts an, Kleiner.

Ich: Also –

TS: Wenn sie einer abholt, kann er machen, was er will.

Ich: Wer?

TS: Einer von der Familie, wer immer sie liegen gelassen hat, was meinst du denn?

Ich: Wird das jemand tun?

TS: Keine Ahnung. Du rührst sie nicht an. Schlag dir das sofort aus dem Kopf.

Ich: Wie heißt sie?

TS: *(starrt mich finster an, zählt bis fünf und seufzt)* Wenn ich es dir sage, verpisst du dich dann?

Ich: Ja.

TS: *(Hebt die Urne hoch und zeigt mir die Metallplakette an der Seite, auf der steht:* VIOLET PARK 1927–2002) Jetzt verpiss dich.

Mir ging sozusagen ein Licht auf.
In einem Comic hatte ich mal vom Bereitschaftspotenzial ge-

lesen, was bedeutet, dass dein Gehirn dir immer einen Schritt voraus ist, auch wenn du denkst, dass du der Chef bist. Es ist ziemlich kompliziert, aber ich glaube, ich verstehe es, und es geht so.

Erst musst du den Unterschied zwischen Aktion und Reaktion begreifen.

Eine Aktion ist es, wenn du einen Ball wirfst, und eine Reaktion, wenn du ihm ausweichst, wenn dir plötzlich klar wird, dass der Ball dich treffen wird.

Dein Gehirn feuert ständig Signale ab und weist dich an, dich an der Nase zu kratzen oder zu lächeln oder beim Gehen einen Fuß vor den andern zu setzen. Aber bei manchem, was du tust, wie blinzeln oder ein heißes Stück Toast fallen lassen, kannst du unmöglich vorher wissen, dass du es tun wirst, weil du es nicht kommen sahst. Da beweist dein Gehirn, dass es alles vor dir weiß, weil es das Signal geschickt hat und das Signal Zeit braucht.

Das wird Bereitschaftspotenzial genannt; die Tatsache, dass dein Gehirn deinem Körper sagt, was er tun soll, noch bevor du überhaupt weißt, dass du es tun musst.

Und an die Sache mit dem Bereitschaftspotenzial erinnerte ich mich, als ich Violets Namen las und mir klar wurde, dass ich ihn doch gekannt hatte, bevor er ihn mir zeigte, obwohl das eigentlich unmöglich war. Ich hörte ihn in meinem Kopf, kurz bevor ich ihn geschrieben sah, wie wenn man einen Film sieht und der Ton ist nicht synchron, so dass man hört, was die Leute sagen, kurz bevor sie den Mund aufmachen. Das versetzte mich in ziemliche Aufregung. Ich dachte an das Gefühl, das ich auf dem Hügel im Park gehabt hatte, das Gefühl, mit einer toten Rentnerin zu sprechen, und ich war mir sicher, ich konnte ihren Namen nur deshalb schon wissen, weil sie ihn mir schon gesagt hatte.

Er flog in meinem Hirn umher wie eine Taube, die in einem Haus gefangen ist, flatterte durch die Räume, klatschte gegen die Wände. V-I-O-L-E-T. Ein guter, starker Name; der Name bedeutet auch eine Farbe, solche Namen gibt es nicht viele, und so heißt auch eine Blume, das Veilchen, weich und hübsch und altmodisch, der ideale Name für eine tote alte Dame.

Ich konnte es mir gerade noch verkneifen, die Urne zu schnappen und abzuhauen. Mir kam es vor, als wäre ich in diesem Moment ihre einzige Hoffnung. Sie war lange genug tot, um zu wissen, dass niemand sie abholen würde. Mir wird immer noch schlecht, wenn ich überlege, dass sie dort steckte, seit ich elf war, seit der Zeit, als mein Vater verschwand, wohin auch immer.

Tony Soprano stellte Violet wieder zurück auf das Regal. Ich hatte versprochen zu gehen, und er würde es mir nicht noch einmal sagen. Um auf dem Weg nach draußen ruhig zu bleiben, machte ich im Kopf eine Liste mit allen guten Gründen, mit einer toten Dame in einer Urne Freundschaft zu schließen:

1. Eine tote alte Dame würde nie an mir herumkritteln oder mich belehren, wie alle anderen weiblichen Wesen auf dem Planeten.

2. Wenn ich beschließen würde, mehr über sie herauszufinden, würde sie sich vielleicht als der coolste, talentierteste, mutigste Mensch herausstellen, von dem ich je gehört hatte, und ich könnte sie gleichsam kennenlernen, ohne dass sie Umstände macht, indem sie tatsächlich existiert.

3. Ich würde kommen und sie retten, was ich noch nie für

jemand getan hatte, und das heißt zugleich, dass man selbst diesen Jemand ebenfalls braucht.

4. Eine tote alte Dame wäre leicht lieb zu haben, weil sie nicht noch weiter weggehen könnte, als sie es ohnehin schon getan hat.

Ich weiß, es ist mir klar, dass ein Junge in meinem Alter eher darüber nachdenken sollte, ein lebendiges Mädchen nach Hause zu bringen als eine tote alte Dame. Und dieses andere war mir schon wichtig, Mädchen und Freunde und Sex und alles, ich bin kein totaler Spinner. Es ist nur so, dass Violet meine neue Freundin wurde und sich ständig in meine Gedanken einmischte, wie neue Freundinnen das eben tun.

Wenn man darüber nachdenkt, hindert einen der Umstand, dass ein Mensch tot ist, nicht daran, herauszufinden, was für einer er ist. Die Hälfte der Leute, von denen wir in der Schule erfahren, sind seit Ewigkeiten tot. Es werden ganze Bücher geschrieben über William Blake und Heinrich den Achten und Marilyn Monroe, von Leuten, die sie nie getroffen haben und die sich trotzdem anhören, als wüssten sie, worüber sie reden. Ich traf Violet, nachdem sie gestorben war, aber das hielt mich nicht davon ab, sie kennenzulernen. Und was ich andauernd zu zeigen versuche, ist, dass ich nicht so verrückt bin, wie ich mich anhöre.

# Fünf

Apollo Cars ist der allerletzte Ort, an dem ich sein will, wenn ich einmal tot bin. Wo ich am liebsten sein will, weiß ich noch nicht, dazu bin ich noch zu jung, aber in puncto Ruhe und Allein-für-mich-sein (was mir wie eine gute Umschreibung von Totsein vorkommt) sind meine bisherigen drei Lieblingsorte die folgenden:

1. Primrose Hill – über die Kuppe drüber und auf der anderen Seite wieder runter. Da ist die Aussicht nicht so toll wie von oben, aber es geht ruhig zu, und aus irgendeinem Grund verirrt sich kaum jemand dorthin, selbst an Tagen, wo der Park überlaufen ist. Außerdem ist das der Ort, an dem Bob, der alte Freund meines Vaters, einen Baum pflanzen ließ, als Jed geboren wurde.

2. Die Kirche von St. Pancras – mittelalterliche Friedhöfe mag ich nicht (obwohl mich nicht stört, wenn jemand sie mag), denn abgesehen von Violet fühle ich mich unter Toten nicht so behaglich. Aber St. Pancras gefällt mir. Mary Shelley, die *Frankenstein* schrieb, war mal hier begraben, neben ihrer Mutter, die bei Marys Geburt starb, aber dann hat man sie, glaube ich, nach St. Albans umgebettet, und das ist auch so etwas, was einem nicht passieren sollte, wenn man tot ist.

Die Kirche steht auf einem sanften Hügel, und von der Straße aus kann man die Gräber nicht sehen und auch nicht, wie schön es dort ist, bis man dann wirklich drin ist. Es gibt dort einen Baum, der Hardy-Baum heißt, an ihm lehnen viele alte Grabsteine (keine Leichen), völlig wahllos. Er heißt so nach Thomas Hardy, dem berühmten Schriftsteller, der die Grafschaft Wessex erfand und sich traurige Geschichten ausdachte über schöne Milchmädchen und andere glücklose Leute vom Land. Er ist nicht dort begraben, und er war nicht mal berühmt, als er es mit dem Hardy-Baum zu tun bekam. Eigentlich war er Ingenieur, glaube ich, und sollte dafür sorgen, dass der Weg für die Bahnlinie aus den Midlands frei gemacht wurde, und um Platz zu schaffen, musste er den Friedhof verkleinern und alle Leichen auf engerem Raum zusammenquetschen. Vielleicht war er es sogar, der Mary Shelley und ihre Mutter umgebettet hat. Es muss alles ein wenig durcheinandergeraten sein und so, weil manche Grabsteine von den Leuten, die umgebettet wurden, einfach an den Baum gelehnt zurückblieben.

Ich frage mich, wie groß der Baum damals war, weil er jetzt ziemlich alt ist, und dann frage ich mich, wie groß Jeds Baum auf Primrose Hill in sagen wir zweihundert Jahren sein wird, und ich frage mich, ob jemand davon erfahren wird und ihn dann Swain-Baum nennt, weil Jed dereinst vielleicht wegen irgendetwas berühmt sein wird.

3. Die Londoner City an einem Sonntag. Vater hat mich immer dorthin mitgenommen. Da ist niemand. Du kannst herumlaufen und so tun, als wärst du in einer von diesen Science-Fiction-Geschichten wie *Blumen des Schreckens* oder *48 Stunden später*.

All die modernen Gebäude stinken nach Geld und schlechtem Geschmack, und man kann immer noch die Hektik spüren, die hier die ganze Woche über herrscht, fast als ob die Stadt vor Erschöpfung gar nicht mehr mithalten könnte. Und es gibt dort, mittendrin, auch die uralten Häuser. Es kann dir passieren, dass du vor einem hypermodernen Glaskasten stehst und hinter dir ist der älteste Pub Londons und um die Ecke eine richtig enge kleine Gasse namens Wardrobe Street, wo sie um siebzehnhundert tatsächlich Kleiderschränke gebaut haben, und von einer Straße zur anderen ist es wie auf einer Zeitreise, und das ist einfach irre.

Ich wusste nicht, wo Violets Orte sein könnten, wo sie gerne ihre Zeit verbrachte, wo sie sein wollte, wenn es zu Ende war, und es ist traurig, wenn niemand das von einem Menschen weiß. Bevor ich sterbe, werde ich strenge Anweisungen hinterlassen, wo ich den Rest der Zeit verbringen will. Ich hoffe, ich bin dann nicht so vollkommen allein auf der Welt, dass niemand daran denkt, mich nach meiner Einäscherung mitzunehmen. Es ist wie diese Geschichten in der Lokalzeitung über Menschen, die sterben, und wochenlang merkt es keiner, und dann fangen sie an zu riechen, und plötzlich fällt ihren Nachbarn ein, dass sie sie schon Ewigkeiten nicht mehr gesehen haben. Und immer wenn ich darüber nachdenke, dass jemand ganz allein für sich lebt oder stirbt, fällt mir irgendwann mein Vater ein, und ich frage mich, ob er alleine starb und ob er an uns dachte, als er starb, oder ob er am Leben ist und überhaupt je an uns denkt.

Ich war in meinem Leben nur auf zwei Beerdigungen. Die erste war die meines Großvaters – des Vaters meiner Mutter –, und ich kann mich nicht mehr daran erinnern, weil ich erst etwa

zwei war, aber Mutter sagt, ich wäre die ganze Zeit herum-
gekrabbelt und hätte gebellt wie ein Hund.

Die zweite war die von diesem Mädchen aus unserer Klasse,
die Angelique hieß und starb, als wir im sechsten Schuljahr
waren. Ich glaube, es war in den Osterferien, und sie war mit
ihren Eltern in Spanien oder irgendwo und starb in der Dusche
an Kohlenmonoxidvergiftung. Sie flogen mit ihr nach Hause,
und die ganze Klasse kam zu ihrer Beerdigung. Wir wollten das
alle, weil sie echt beliebt war und ein wirklich netter Mensch,
und alle waren niedergeschmettert, weil sie nie mehr zurück-
kommen würde.

Sie war in einem Sarg aus etwas wie Bambus oder Weide, der
aussah wie ein schöner Korb in der Gestalt von Angelique,
bedeckt mit rosa Blüten, und zu beiden Seiten standen diese silbernen Eimer, die mit Sand und Blumen gefüllt waren.
Als wir eintraten, bekam jeder von uns eine Kerze, die wurde
angezündet und in einen der Eimer gesetzt, so dass Angelique
von vielleicht hundert Kerzen umgeben war. Das Licht war ein
wenig unheimlich und voller Leben.

Als der Priester sagte, er würde ihre Seele dem Himmel anver-
trauen, schienen die Blumen in manchen der Eimer alle gleichzeitig Feuer zu fangen, und man konnte die ganze Kirche
seufzen hören, als ob das eine Art Zeichen wäre, und niemand
wollte das Feuer löschen.

Als dann Angeliques Vater kam, um den Sarg hochzuheben
und nach draußen zu tragen, hielt er sich daran fest, was aussah, als würde er sie umarmen, und das ging mir wirklich nahe.
Nach dem Begräbnis, bei Angelique zu Hause, hatten wir eine
Art Stuhlkreis, wo wir alle etwas sagten, was wir an Angelique
mochten, oder eine lustige Geschichte mit ihr erzählten. In

der Schule lassen sie uns oft Stuhlkreise machen, wenn etwas Schlimmes passiert ist, oder manchmal nur, weil sie es wollen, und es kann in Ordnung sein oder ziemlicher Mist, kommt drauf an, aber dieser Stuhlkreis bei Angelique war so ziemlich das Berührendste und Bewegendste, das ich je erlebt habe. Alle hatten etwas, das sie unbedingt sagen wollten, und Angeliques Mutter und Vater weinten und lachten gleichzeitig, und es war klar, sie würden noch jahrelang von diesen Geschichten zehren können.

Ich bezweifle, dass Violets Trauerfeier einen Hund hinter dem Ofen vorgelockt hätte, denn obwohl sie der Ehrengast war, wurde sie in einem Taxi vergessen. Ich bezweifle, dass es einen Stuhlkreis für sie gab.

Wenn wir je meinen Vater finden und er tot ist, dann organisiere ich die größte Trauerfeier, die es je gab, und ich sorge persönlich dafür, dass die Blumen Feuer fangen. Wir werden die beste Musik spielen, und alle, die er je gekannt und gemocht hat, werden da sein und sich die Augen aus dem Kopf heulen und wirklich nette Dinge über ihn sagen. Und später, bei uns zu Hause, haben wir den besten Leichenschmaus, und niemand will fortgehen. Alle kümmern sich um Mutter und sorgen dafür, dass es ihr einigermaßen geht, und rufen jede Woche bei ihr an, statt dass es ihnen peinlich ist, irgendwas zu sagen oder sie überhaupt anzurufen, weil es keine Leiche gibt und sie gerade ein wenig mit Arbeit überfrachtet sind und sie eigentlich seine Freunde waren, nicht ihre.

* * *

Als Vater damals verschwand, gab es eine Riesenaufregung. Nicht nur, dass Mutter herumrannte und sich die Haare raufte (im achteinhalbten Monat schwanger), die Polizei dauernd auftauchte und Mercy schrie und die Türen knallen ließ und mit jedem vögelte, der sie haben wollte. Eine Zeit lang waren alle interessiert und überall kam etwas über ihn – in allen Zeitungen und im Fernsehen, wochenlang. Immer hatten sie das gleiche Foto von ihm, eines, das jetzt keiner von uns mehr ertragen kann, erstens weil es uns an alles erinnert, was schiefgelaufen ist, und zweitens weil er so verdammt glücklich darauf aussieht, und da hat er mit Sicherheit nur so getan, als ob.

Ich erinnere mich genau an den Moment, als Mutter klar wurde, dass er wirklich verschwunden war und nicht nur irgendwo steckte und länger als sonst alles überschlief oder unter Termindruck im Büro festsaß, ohne anzurufen, was häufig vorkam. Ich kann sie jetzt vor mir sehen, wie sie ihren dicken Bauch mit diesem seltsam gezwungenen Lächeln rieb, das sie praktisch die ganze Zeit aufgesetzt hatte, in der sie mit Jed schwanger war, wie sie das Telefon abnahm und sich dann mit einem Schlag in Staub verwandelte. Ich saß am Küchentisch und wartete darauf, dass Vater nach Hause kam, damit noch ein Junge im Haus war, und beobachtete sie. Sie war wirklich schön, als sie das Telefon abnahm – in meiner Erinnerung schimmert sie irgendwie und das Licht ist weich und alles –, und als sie dann auflegte, vielleicht zweieinhalb Minuten später, war sie grau und alt und sah aus, als würde sie sich gleich übergeben.

(Das tat sie dann auch, die ganze Nacht und den nächsten Tag, und sie mussten sie ins Krankenhaus bringen, weil sie nichts bei sich behalten konnte und sie nicht geschlafen hatte und alle sich Sorgen um das Baby machten.)

Der Anruf kam von einem Freund meines Vaters bei der *Times* namens Nigel Moon, der sagte, die Polizei hätte unser Auto in einem Feld irgendwo in Hampshire gefunden, und ob sein Pass zu Hause sei oder ob er ihn vielleicht bei sich hätte, er dachte, sie solle das in Erfahrung bringen. Er erwischte sie etwa fünf Minuten vor der Polizei, denn als sie sich im unteren Klo erbrach, klopfte es an der Tür, und das waren sie. (Vaters Pass war oben in einer Schublade, neben dem von Mutter.)

Und nach der ganz großen Aufregung war überhaupt nichts mehr. Nach ein paar Wochen begann es die Leute zu langweilen oder sie vergaßen es, und sie verzogen sich und überließen uns unserem ganz privaten Schlamassel. Mutter hatte Jed, und die beiden weinten viel in ihrem Zimmer, Mercy redete etwa drei Monate lang gar nichts mehr, und ich irrte verloren herum und geriet in eine Menge Schlägereien.

Wenn jemand aus deiner Familie auf diese Weise verschwindet, dann haftet ein deutlicher Makel an dir. Ein großes Fragezeichen, ein Gerippe in deinem Schrank, ein düsterer Schatten. Am Anfang, als sich alle bemühten und Interesse zeigten, war es ihnen in Wirklichkeit schon egal, sie suchten nur nach etwas Hässlichem, nach Vaters schlimmen Geheimnissen, nach den Rissen in unserer Familie, die zu klaffenden Abgründen geworden sein und ihn mit Haut und Haaren verschluckt haben mussten.

Hatte er eine Affäre? War er in irgendetwas Kriminelles verstrickt? Wurde er ermordet? Hatten wir es getan? Hatte er sich umgebracht? Warum? Hatte er eine Affäre? Und so weiter immer im Kreis, wie ein Hund, der seinem eigenen Schwanz nachjagt, bis wir die Glotze in den Schrank stellten und die Batterien aus dem Radio nahmen und die Zeitungen nicht mehr ansahen und die Tür nicht mehr öffneten oder ausgingen. Inzwischen kommt nur noch gelegentlich etwas über Vater in der Zeitung, meist an einem Wochenende, im Magazin oder im Kulturteil oder wo auch immer begraben. Ich glaube, der Name Peter Swain muss auf einer Art Vorratsliste von Verschwundenen stehen, weil er hin und wieder zusammen mit Lord Lucan und Richie Manic und Shergar auftaucht, als Pflichtübung für Autoren, die gerade nichts zu tun haben. Irgendwie ergibt es ja auch eine gute Story, wenn du auf diese Weise verschwindest, wer immer du auch bist. Mutter sagt, Journalisten mögen nichts lieber als eine Frage ohne Antworten, weil sie sich dann nie irren können und deshalb gut dastehen. Sie alle seien Geier, die um eine alte Leiche kreisten, und weil die meisten von ihnen uns im Stich ließen, als sie die Fährte verloren hatten, weigert sie sich, mit irgendeinem von denen zu reden, obwohl manche von ihnen noch in der Schule waren, als er verschwand, und kein schlechtes Gewissen haben müssen.

Nur einer von Vaters Freunden blieb uns treu, nachdem er verschwunden war. Mercy meint, der einzige Grund dafür war, dass er es immer schon auf Mutter abgesehen habe und ihr an die Wäsche wollte, aber ich schätze, viele gute Dinge werden aus diesem Grund getan, und das macht sie kein bisschen schlechter. Es ist derselbe, der einen Baum auf Primrose Hill gepflanzt hat, weil er meinte, wir sollten nicht vergessen zu feiern, obwohl Jed zu so einer schrecklichen Zeit geboren wurde. Darauf hat ihn Mutter zu Jeds Paten gemacht.

Sein Name ist Bob Cutforth, und er und Vater haben gemeinsam bei irgendeinem Lokalblatt angefangen. Für eine Weile war er einer der großen Reporter der BBC und fuhr um die ganze Welt und in gefährliche Gebiete und interviewte Tyrannen und wich

Kugeln aus. Aber dann stellte sich heraus, dass er ein richtig schwerer Alkoholiker war, und er verlor seinen Job und seine Frau und lebt jetzt in einer Bude in Kilburn und kriegt Stütze und schreibt den ganzen Tag in seine Notizbücher. Trotzdem hat er kein einziges Mal Jeds Geburtstag vergessen.

# Sechs

Wenn ich in einer dieser schicken Werbeagenturen in Soho arbeiten und Marktforschung betreiben würde, wo man die Leute in Gruppen einteilt, je nachdem, was für Hosen sie tragen und ob sie überhaupt jemals Fischstäbchen kaufen, dann würde ich meine Mutter so beschreiben:

ALTER: 35–45
GESCHLECHT: weiblich
GRÖSSE: 1,70 Meter
GEWICHT: 50–60 Kilo, kommt drauf an
JAHRESEINKOMMEN: unter 15 000 Pfund
BERUF: Assistenzlehrerin. Manchmal sagt sie, sie würde am liebsten eine ganze Woche lang mit Erwachsenen reden und keinem das Näschen putzen, aber ihr Job passt zu Jeds Schultag und meist gefällt es ihr.
FAMILIENSTAND: verheiratet (wahrscheinlich zerrüttet)
MUSIKALISCHE VORLIEBEN: meist alte Sachen. Einiges davon mag ich. Manches ist unterirdisch.
FREIZEITAKTIVITÄTEN: auf Hampstead Heath spazieren gehen, im Freibad schwimmen (nur im Sommer), lesen, stricken, nähen lernen, Yoga, Putzanfälle.

Wenn ich in einer Werbeagentur arbeiten würde, wäre ich wohl nicht gerade begeistert von jemandem wie meiner Mutter. Vielleicht würde ich es bei ihr mit ein paar Badeölen oder Reinigungsmitteln oder Haartönern versuchen, aber viel auszugeben hat sie nicht, daher würde ich nicht allzu viel Mühe auf sie verschwenden.

Das wäre ein großer Fehler von mir.

Mutter kauft andauernd irgendwelches Zeug.

Wenn im Fernsehen irgendein neuer Schwindel von Wundermittel angepriesen wird, dann wetten Mercy und ich, wie lange es dauert, bis Mutter es kauft. Unser Badezimmerschrank quillt über vor Vierundzwanzig-Stunden-Feuchtigkeitssalben, Antifaltencremes, Zellulitekillern und Haarfestigern.

Mutter sagt, sie sei mal eine schöne Frau gewesen, aber drei Kinder und ein abwesender Ehemann hätten ihr Aussehen ruiniert. Es sei schwieriger, als wir glaubten, erst gut auszusehen und dann auf einmal nicht mehr schön zu sein, worauf Mercy sagt, sie solle doch einfach mal versuchen, ihr ganzes Leben lang hässlich zu sein, das sei auch kein Zuckerschlecken. Mutter sagt, Mercy hätte ein schwaches Selbstwertgefühl. Wenn du mich fragst, ein schwaches Selbstwertgefühl ist das, wovon die meisten Mädchen leben anstatt vom Essen.

Das Wichtigste an meiner Mutter ist, dass sie traurig ist. Das Leben läuft nicht so für sie, wie es hätte laufen sollen. Sie gibt natürlich vor allem Vater, seinem alten Freund und uns die Schuld dafür, und sich selbst macht sie auch Vorwürfe.

Das weiß ich genau, nicht weil sie es mir je gesagt hätte, sondern weil sie es Bob Cutforth gesagt hat. Jede Menge Vorwürfe. Immer wenn er zum Abendessen vorbeischaute, gaben sie sich die Kante, und ich belauschte sie von draußen vor der Küchentür, denn wenn Leute betrunken sind, reden sie über Dinge, über die sie nicht reden können, wenn sie nüchtern sind. Einmal hörte ich Mutter zu Bob sagen, dass sie das ganze letzte Jahr, in dem sie noch zusammen waren, gehofft hatte, mein Vater würde vom Erdboden verschwinden, weil sie nicht ausstehen konnte, wie es zwischen ihnen lief. Sie wollte frei sein von der Aufgabe, ihn zu lieben, weil es eine so schwere Arbeit war. In ihrer Fantasievorstellung, sie sei allein für sich, blühte sie auf (das sagte sie wörtlich) und machte all das, an dem mein Vater sie immer gehindert hätte. Doch dann, als er verschwand, war sie in Wahrheit weniger als zuvor, nicht mehr.

Wenn ich mich an dieses Gespräch erinnere, ist es, als wäre ich wieder dort und würde es zum ersten Mal belauschen. Ich habe das Gefühl, mein Rückgrat wäre verrenkt und ich müsste mich strecken, und mein Magen wäre ein Loch, ich lausche meinen eigenen Atemzügen und der großen Wanduhr im Flur, und ich starre auf die Schlieren und Blasen der Farbe auf der Küchentür und denke, ich hätte Lust, sie einzutreten und meiner Mutter ins Gesicht zu schlagen, weil sie meinen Vater fortwünschte.

Sie sind eine Weile still und dann sagt Bob zu ihr: »Er ist nicht wegen dir fort, Nicky. Was hast du denn getan? Du hast ihn geliebt, und du hast seine Kinder geliebt. Du hast nichts falsch gemacht.«

Meine Mutter fing dann an zu weinen, leise nur, und ich ging hinauf in mein Zimmer und dachte darüber nach, wie es war, sie zu sein, und ob sie und Bob am Ende noch heiraten würden. Ein anderes Mal, als ich mit ihnen am Tisch saß, sagte sie zu Bob: »Ich war keine so gute Frau, wie ihr alle gedacht habt«, und dann fuhr sie ungefähr fort, sie hätte es gehasst, zu Hause mit den Kindern festzusitzen und sie hätte meinen Vater wegen seinem tollen Job beneidet und ihn die ganze Zeit büßen lassen und sei krankhaft eifersüchtig gewesen und hätte immer gedacht, er würde rumvögeln, und sei im Grunde nie glücklich gewesen in der Zeit, die sich doch als die glücklichste Zeit ihres Lebens herausgestellt habe. Bob meinte, sie solle vor mir nicht über diese Dinge reden, und sie sagte: »Lucas ist fast dreizehn, und sein Vater hat uns verlassen, also ist er jetzt der Mann im Haus.« Dann raufte sie sich die Haare und sagte zu mir, ich solle zu Bett gehen, als ob ich acht wäre, was mich sauer machte, weil ich ein Mann war, wenn es ihr passte, und wenn es ihr nicht passte, dann war ich ein Kind.

Jetzt ist sie besser drauf als damals.

Aber was mich an meiner Mutter immer noch stört, ist, dass die meisten Leute sie bedauern und sie das zulässt. Mutter ist der Meinung, das Leben hätte ihr übel mitgespielt, und das bedeutet praktisch nichts anderes, als dass sie einem zu verstehen gibt, dass ihr verschwundener Mann, ihre drei Kinder und die Tatsache, dass sie nicht mehr einundzwanzig ist, nicht ihre Schuld seien. Ich will sie fragen, ob Frauen an Orten wie dem Sudan oder Palästina oder Kosovo sich genauso viel Gedanken über Gesichtscremes und Schwangerschaftsstreifen und ein Leben ohne einen Mann im Haus machen, aber ich habe es noch nicht getan, und wer weiß, vielleicht tun diese Frauen es tatsächlich.

Und manchmal wird Mutter wütend auf die falschen Leute – das heißt diejenigen, die noch da sind, im Gegensatz zu demjenigen, der fort ist. An manchen Tagen weiß ich, sobald ich meine Mutter ansehe, dass ich kein vernünftiges Wort aus ihr herausbekommen werde. Allein schon wenn sie unsere Stimmen hört, rollt sie mit den Augen und ist genervt und tut so, als wären wir Eindringlinge in ihrem Kopf und keine Leute mit genauso viel Recht, zu existieren und zu reden wie sie. An so einem schlechten Tag merkt man, dass sie sich dazu programmiert hat, NEIN zu allem zu sagen, praktisch schon bevor sie irgendwas gehört hat, weshalb sie sich selbst ins Bein schießt, wenn wir sie fragen, ob sie etwas aus dem Laden will, oder ihr anbieten, das Abendessen aufzusetzen.

Was ich an solchen Tagen denke, ist das.

Vielleicht ist das Leben nicht so gelaufen, wie Mutter es geplant hat, aber es ist nicht unsere Schuld. Außer es wäre unser Fehler, dass wir geboren wurden, und wenn man da anfängt, kann man nie etwas richtig machen, egal wie sehr man sich anstrengt.

# Sieben

Wegen Violet überlegte ich, wie es alten Menschen ergeht, und das hatte die gute Nebenwirkung, dass ich meine Großmutter besser kennenlernte. Sie heißt Pansy – noch so ein passender Name für eine alte Dame, denn auch er ist ein Blumenname. Davor hatte ich nie richtig Zeit für sie, weil sie alt war und ein künstliches Gebiss hatte, für das sie zu klein wurde, und Haut wie ein zerknülltes graues Papiertaschentuch, das man in seiner Manteltasche findet, und ziemlich schräge Ansichten zu fast allem und jedem. Sie und mein Großvater leben um die Ecke in betreutem Wohnen. Pansy sagt, es gibt nichts, was einen mehr bevormundet oder ihr mehr Grauen einflößt als Fensterrahmen in knalligen Farben. Sie sagt, das sei ein Zeichen dafür, dass man nicht mehr ernst genommen wird, sobald man hier lebt. Wir dürfen nicht vergessen, dass sie ihr großes Haus aufgaben und dort einzogen, damit wir in ihrem Haus leben konnten. Pansy hätte gern, dass wir es nicht vergessen. Pansy ist ein Energiebündel und redet über alles und jedes und hat Meinungen zu Dingen, von denen sie kaum je gehört hat, wie Jungle-Music und Playstations und Internet-Dating. Sie flucht andauernd, spricht das Schimpfwort aber nie wirklich aus, sondern formt es nur mit dem Mund und zieht dabei eine ganz eigenartige Grimasse, bei der sich ihr Zahnfleisch und die falschen Zähne leicht berühren, ihr ganzer Mund verklebt dann im Innern, und wenn er sich wieder auseinanderzieht, wird aus dem Fluch dieses merkwürdige Sauggeräusch. Das kommt nicht schlecht.

Pansy interessiert sich leidenschaftlich für Fußball, und das schon seit Jahren. Aber irgendwie hat sie es in all der Zeit geschafft, rein gar nichts über die Regeln zu lernen. Einmal meinte sie, Fußballer sollten Zusatzpunkte bekommen, wenn sie den Pfosten oder die Querlatte treffen, denn das sei viel schwieriger, als ein richtiges Tor zu schießen. Sie ist Tottenham-Fan, weil sie in Enfield aufgewachsen ist und ihr Vater in der Stadionkapelle von White Hart Lane gespielt hat. Wenn du mich fragst, ich wüsste nicht, weshalb man ein Spurs-Fan sein sollte, ich bin jedenfalls für Arsenal und mein Vater war es auch. Pansy sagt, als mein Vater noch klein war, sei er nur für Arsenal gewesen, um sie zu ärgern. Mein Großvater, den der Fußball ziemlich kaltlässt, rollt mit den Augen und sagt: »Als Fußball im Fernsehen kam, stritten sie immer wie Hund und Katze.« Sie schimpft gern über Arsenal, aber das macht mir meist nichts aus, weil wir an der Spitze der Liga sind und die anderen absteigen.

Pansy war der erste Mensch, dem ich von Violet erzählt habe. Ich musste jemandem sagen, dass eine tote Dame mit mir redete, und ich hatte einige gute Gründe dafür, sie einzuweihen. Zunächst mal war es Violet, wegen der ich mich mehr für den Menschen in Pansys altem Körper interessierte. Außerdem dachte ich mir, Violet würde es gut finden, wenn sie nach all diesen Taxifahrern eine andere alte Dame um sich hätte. Und ich wusste, dass Pansy Feuer fangen würde, weil sie immer esoterische Sachen las und Spiritisten und alles mochte und sogar mal einen aufgesucht hatte, um herauszufinden, ob mein Vater »im Jenseits« war; also wusste ich, sie würde den Gedanken, dass man mit den Toten in Verbindung treten kann, auf keinen Fall abtun.

Natürlich, das bringt mich auf das, was mich und meine Großmutter noch verbindet, außer Violet und dem Londoner Lokalderby – mein Vater, ihr Sohn. »Das fehlende Glied zwischen uns« nennt sie ihn. Mutter sagt, es kann uns noch so schlecht gehen, weil Vater ohne Vorwarnung einfach verschwunden ist, für Pansy sei es noch zehnmal schlimmer, weil sie seine Mutter ist und Mütter sich einfach nicht vorstellen können, dass ihre Kinder die Welt verlassen, bevor sie selbst es tun. Jedenfalls freut sich Pansy, wenn ich bei ihr vorbeischaue, erstens weil sie sagt, ich sei ihr Liebling (was nur daran liegt, dass ich wie ihr Sohn aussehe und seine Klamotten trage), und zweitens weil sie dann über Vater reden kann, bis ihr die Puste ausgeht, ohne dass ich mich langweile.

Ich glaube nicht, dass Großvater bei alldem eine große Hilfe ist. Er heißt Norman und hat im Krieg in Nordafrika gekämpft, wo er Munitionslaster durch die Wüste fuhr und übles Kraut rauchte und sich in die Hose machte. Norman ist ein richtig lieber Kerl und war immer ein guter Opa, aber heutzutage hat er von Tuten und Blasen keine Ahnung mehr. Es ist nämlich so, dass er diese kleinen Schlaganfälle bekommt, und wenn das passiert (was du gar nicht mitbekommst, auch wenn es direkt vor deinen Augen geschieht, so klein sind die), dann haut es ihm jedes Mal ein wenig von seinem Gedächtnis weg. Es gibt Tage, an denen er besser in Form ist als sonst, aber Pansy macht das verrückt, sie meint, sie weiß nie, womit sie bei ihm dran ist. Mal tut er ganz verliebt, und kurz darauf glaubt er schon wieder, sie sei die Haushaltshilfe, die vorbeischaut, um kurz durchzusaugen.

Pansy hat einen Hund namens Jack (Russell), und manchmal ist mir schleierhaft, ob sie von ihrem Hund redet oder von Opa.

»Er hing mir den ganzen Tag an den Fersen und stinkt schrecklich aus dem Mund.« (Hund)

»Er *konnte* drei Tage lang *nicht*. Ich glaube, er braucht mal einen ausgiebigen Spaziergang.« (Norman)

An einem guten Tag erinnert sich Norman, dass ich Lucas bin, und an einem Tag mit Schlaganfall hält er mich für meinen Vater. Pansy und ich haben einfach beschlossen, dass wir es ihm an Schlaganfalltagen durchgehen lassen, weil es ihn glücklich macht. Pansy sagt, sie hätte am liebsten auch einen Schlaganfall, damit sie vergessen könne, dass ihr einziges Kind es über sich brachte, seine Familie zu verlassen und einfach so zu verschwinden. Dann tupft sie sich ihre runzligen Augen mit einem runzligen Taschentuch und sagt: »Msst, lass uns noch ein Stück Marmorkuchen essen.«

Wenn ich mich mal hinsetze und ein Schwätzchen mit Norman halte, freut er sich riesig, weil er sonst kaum zu Wort kommt und eigentlich ziemlich viel zu sagen hat. Wenn du Pansy und ihm zum ersten Mal begegnest, dann ist es Pansy, die dich fesselt, weil sie so lebhaft und spritzig und energiegeladen ist und sich für alles interessiert, aber nach einer Weile fällt dir auf, dass sie zwar der Hase, aber Norman die Schildkröte ist, und wenn du ihm nur eine Minute gibst, kann er sehr interessant und kenntnisreich über viele Dinge reden.

Richtig gern mit Norman zusammen aber ist Jed. Er ist zu jung, als dass ihm auffallen würde, dass Norman vergesslich ist. Er meint, Norman tut es nur, um lustig zu sein, und findet es zum Schießen. Jed hält Norman für den lustigsten Menschen von der Welt. Sie hängen zusammen in der Küche herum und essen

Kekse und bauen Modellflieger zusammen und lachen sich bei alten Dick-und-Doof-Filmen halb tot. Sie dürfen auch gemeinsam mit dem Hund Gassi gehen, was so ziemlich die einzige Gelegenheit für beide ist, mal ohne eine erwachsene Begleitperson aus dem Haus zu kommen. Jed sagt, mit Opa zusammen zu sein sei genauso, wie mit einem seiner Freunde aus der Schule zusammen zu sein, nur besser, weil Opa viel mehr weiß und richtig gut erzählen kann.

Vor einer Weile kam mir dieser Gedanke, dass Norman etwas wirklich Entscheidendes über Vaters Verbleib wissen muss, dass er es nur nicht sagen kann, weil er es vergessen hat. Ich war überzeugt, dass alles, was er sagte, wie banal es auch immer war, in Wirklichkeit ein versteckter Hinweis war, und ich müsste nur die Geheimzeichen entschlüsseln, dann würde ich meinen Vater retten. Wenn er mit mir redet, drücke ich manchmal immer noch die Daumen, dass es ihm einfach rausrutschen möge, eine Adresse oder eine Telefonnummer oder eine letzte Nachricht, aber so einfach ist das alles nicht.

Ich erzählte Pansy von Violet, als hätte ich irgendeinen gewöhnlichen Menschen getroffen, jedenfalls einen lebendigen. Violet war da immer noch auf ihrem Regal bei Apollo Cars.

Ich sagte wohl ungefähr: »Oma, neulich nachts habe ich jemand kennengelernt, den du bestimmt sehr nett finden würdest«, worauf Pansy irgendwas Forsches sagte wie: »Dann pass bloß auf, dass du sie nicht schwängerst«, eine Vorstellung, bei der ich beinahe meinen Keks ausgespuckt hätte, und ich sagte: »Nein, nein, sie ist eine alte Dame wie du!«

»Wie alt?«, sagte Pansy. »Wo hast du eine alte Dame kennengelernt? Was willst mit einer alten Freundin?«

Ich sagte: »Sie ist in den Siebzigern wie du und sie ist nicht meine Freundin, und ich habe sie letzte Freitagnacht in einer Taxizentrale kennengelernt, als ich auf dem Heimweg war.«

Pansy spitzte streng die Lippen und sog Luft ein, als würde sie eine unsichtbare Zigarette rauchen, die nicht schmeckte, dann sagte sie: »Mercy behauptet, du hättest ihr Geld geklaut, du verdammter Geizhals.«

»Also, das ist überhaupt nicht wahr«, sagte ich, und dann wedelte sie irgendwie mit der Hand, was heißen sollte, lassen wir das Thema, und fuhr fort: »Was macht eine siebzig Jahre alte Frau freitagnachts in einer Taxizentrale?«, und das war die Frage, auf die ich gewartet hatte.

»Sie war auf einem Regal«, sagte ich ein wenig zu hastig, und Pansy funkelte mich böse an.

»Hast du wieder dieses komische Kraut geraucht, Lucas?«

Ich funkelte böse zurück. »Oma, du weißt, das ist eigentlich irrelevant.«

»Komm mir nicht mit diesen Fremdwörtern«, sagte Pansy. »Ich habe bereits deinem Vater gesagt, was ich von diesem Zeug halte, und sieh mal, wo er jetzt ist.«

Ich sah sie unverwandt an und sagte: »Dad könnte sonst wo sein, wir wissen es nicht, aber Violet ist auf einem Regal in einer Minicar-Zentrale gefangen und braucht unsere Hilfe.«

Es klang nach etwas, was Leute in Filmen sagen, und es kam aus meinem Mund.

»Wo ist Violet? Wovon zum Teufel redest du da, Peter?«, sagte Norman, und ich zuckte zusammen, weil ich ganz vergessen hatte, dass er da war.

»Ich dachte, du schläfst«, sagte ich.

Pansy zwinkerte mir zu und flüsterte: »Manchmal weiß man das nicht so genau.« Und dann rief sie: »Schon gut, Norman!

Schlaf weiter. War nur der Fernseher«, was eine schamlose Lüge war, denn der Fernseher war nicht mal an. Dann waren wir wieder bei dem Filmdrehbuch und sie sagte: »Gibt es eine Lösegeldforderung?«

Es war nicht ganz das, was ich erwartet hatte. »Wie bitte?«

»Wenn jemand eine alte Dame in einer Taxizentrale als Geisel hält, muss es einen Grund dafür geben.«

»Sie ist tot, Oma«, sagte ich und zählte bis zehn, damit sie es verdauen konnte.

»Die haben eine tote Dame auf einem Regal? Das ist abscheulich!«

Pansy hatte sich überhitzt. Ich konnte die kleinen Explosionen hinter ihren Augen sehen. »Wie hast du sie kennengelernt, wo sie doch tot war, Lucas?«

»Sie ist in einer Urne. Sie wurde eingeäschert.«

Darauf sagte Pansy gar nichts. Sie löste nur ihre verschränkten Hände, spreizte die Finger zu beiden Seiten ihres Gesichts und versuchte nach wie vor, meine Antwort auf ihre letzte Frage zu begreifen. Ihre Augenbrauen waren so weit in die Höhe gezogen, dass ihre Stirn aussah wie eine terrassierte Hügellandschaft. Ich wusste, dass ihre ganze Aufmerksamkeit mir galt. Jetzt musste ich nur noch den Deckel zumachen.

»Oma, ich will nichts versprechen, aber ich glaube, sie kommuniziert mit mir aus dem ...«

In einer fabelhaften Vorführung von Gesichtsgymnastik bildeten Pansys Lippen das stumme Wort: »... *Jenseits?*«

Ich nickte und ging den Kessel aufsetzen.

Das tat ich, weil ich wusste, dass die Antwort meiner Großeltern auf alles, vom Verschwinden ihres Sohnes bis zu den Werbeblöcken in einer Seifenoper, darin besteht, eine Tasse

Tee zu machen. Ich glaube nicht, dass sie es in fünfzig Jahren jemals länger als ein bis zwei Stunden ohne eine Tasse Tee aushalten haben. Sie sind teesüchtig.

Und vielleicht steckt auch etwas Wahres in ihrem Teeglauben. Kaum hatte Pansy einen Schluck getrunken, war sie wieder ganz die Alte, nichts mehr mit Große-Augen-Machen und Zähne-mit-der-Zunge-hin-und-her-Schieben. Sie sprühte nur so vor nützlichen Hinweisen und glänzenden Ideen.

»Ich will Violet retten«, sagte ich. Der Rest des Plans war überwiegend Pansys Sache.

Er war genial und einfach.

Zunächst einmal mussten wir bei Apollo Cars anrufen.

»Wenn ich eine seiner Fragen nicht beantworten kann, sage ich einfach, ich kann mich nicht erinnern. Niemand bringt eine alte Lady in Verlegenheit«, sagte Pansy, und dann wählte sie die Nummer und begann mit ihrer Alten-Dame-Stimme in den Hörer zu miauen. Das haut mich immer um, weil man glauben könnte, dass eine alte Dame nicht gut eine alte Dame nachahmen kann, aber Pansy kann es.

»Hallo? Mr Soprano?«, sagte sie, und ich gestikulierte hektisch NEIN!, aber sie bemerkte es nicht. »Ist meine Schwester bei Ihnen?«

Dann sagte sie: »Vielleicht habe ich das falsche Taxibüro. Aber sie ist abhandengekommen, und sie steckt in einer Urne, und ihr Name ist Violet. Klingelt es da bei Ihnen?«

Ich konnte von meinem Platz aus seine blecherne, gequetschte Stimme hören, aber nicht, was er sagte.

»Also, es tut mir leid, dass Sie sich die ganze Zeit um sie kümmern mussten, aber ich war im Ausland, verstehen Sie«, und »im Ausland« betonte sie, wie sie glaubte, dass es die Queen tun würde, und wandte sich dabei mit hochgeschwungenen, durchsichtigen Augenbrauen mir zu.

In diesem Moment musste ich aus dem Zimmer gehen, weil Norman aufgewacht war und in der Küche Radau machte. Norman und der Hund futtern hinter Pansys Rücken gemeinsam Schokolade, als würde sie ein Kriegsgefangenenlager leiten und er und der Soldat Jack Russell würden Schmuggelgut besitzen. Sie sagt, es wäre ihr eigentlich egal, nur würden die beiden es tun, bis ihnen schlecht sei. Norman würde immer vergessen, wie viel er schon gehabt hatte, und der Hund würde das einfach ausnutzen.

Ich nahm Norman die Schokolade weg und führte den Hund raus, und als ich zurückkam, ließ Pansy die Falle zuschnappen. Sie putzte sich die Nase mit einem frischen rosa Taschentuch und klang furchtbar tränenerstickt, die alte Schwindlerin (»Das ist sehr lieb von Ihnen, Mr Soprano, sich so viele Umstände zu machen, aber wenn Sie sicher sind, tausend Dank auch«, usw. usw.), und dann knallte sie den Hörer mit einem Lächeln auf die Gabel. Das Problem mit falschen Zähnen ist, dass sie nicht zu deinem Gesicht passen. Pansy sieht aus, als hätte sie das Grinsen von jemandem geborgt, von irgendeinem berühmten Schauspieler, George Clooneys perfekte Hollywood-Beißerchen stecken mitten in ihrem erschlafften Gesicht.

»Er kommt«, sagte sie, »in einer halben Stunde, persönlich, um sie zu überbringen.«

»Also dann verschwinde ich lieber«, sagte ich, holte meine Jacke und wollte mich an Norman vorbeizwängen, der in der Tür stand und nicht sicher war, ob er rein- oder rauswollte.

»Lucas Swain, du bewegst deinen Arsch wieder hier rein!«, sagte Pansy.

»Er darf mich nicht sehen, Oma. Wenn er mich sieht, dann gibt er sie dir nicht.«

»Dann versteck dich im Schlafzimmer. Wegen dir lasse ich einen Fremden in meine Wohnung. Da kannst du wenigstens zur Stelle sein.«

Also versteckte ich mich vierundzwanzig Minuten lang im Schlafzimmer von Pansy und Norman und machte mir Sorgen, was schiefgehen könnte:

- Die Urne würde zu Boden fallen und aufbrechen.
- Die Urne würde auf dem Rücksitz des Wagens herumkullern und aufbrechen.
- Soprano würde den Wagen zu Schrott fahren und eine Gehirnerschütterung kriegen und die Urne total vergessen.
- Er hatte einfach gelogen, um eine alte Dame am Telefon abzuwimmeln, und hatte nicht die Absicht, vorbeizukommen.
- Pansy hatte ihm die falsche Adresse gegeben.
- Pansy hatte überhaupt vergessen, ihm eine Adresse zu geben.
- Norman würde die Tür öffnen und Nein danke sagen oder Sie haben sich im Haus geirrt und wieder zumachen.
- Norman würde glauben, die Asche wäre die meines Vaters und vollkommen durchdrehen.
- Norman würde Pansys Geschichte vermasseln, indem er sagte, sie hätte nie eine Schwester namens Violet gehabt.
- Pansy würde Violet beim Namen einer ihrer echten Schwestern nennen (Dolly, Daisy, Daphne, Delia – ich weiß nicht, was mit Pansy war. Die Ds müssen alle gewesen sein).
- Pansy und Norman würden einschlafen und die Türglocke gar nicht hören (kommt öfter vor).

– Etwas oder alles davon würde mich zwingen, aus meinem Versteck zu kommen, Soprano würde mich vor der Übergabe sehen und den Braten riechen.

Nach vierundzwanzig Minuten läutete es an der Tür. Pansy hörte es und ging öffnen. Sie hatte sich mit Make-up und einer Strickjacke und Perlen ein wenig zurechtgemacht. Ich sah durch einen Spalt in der Tür zu. Tony Soprano trug die Urne sehr vorsichtig. Er stellte Violet auf den Kaminsims neben das Foto meines Vaters und sagte, wie sehr er das mit Pansys Schwester bedaure.

Dann hatte Norman die geniale Idee, einfach mal »Sie ist tot, wissen Sie« zu sagen, und sie nickten wohl irgendwie tiefernst, weil es sehr still war.

Tony Soprano musste ein Bild von Pansy und ihrer echten Schwester Dolly gesehen haben, das auch auf dem Kaminsims steht, denn er sagte: »Ist sie das?«, und Pansy sagte: »Ja, sie war ein richtiges Energiebündel«, und Norman sagte: »Das kannst du laut sagen, die war eine Draufgängerin, deine große Schwester.« Tony Soprano hüstelte und meinte dann, er müsse nun wirklich gehen. Pansy begleitete ihn zur Tür (etwa einen Meter weit) und sie schüttelten sich die Hand und verabschiedeten sich, und ich dachte, was für ein anständiger Kerl er eigentlich war, wo er doch alles so ernst nahm und respektvoll war und das einzig Richtige tat.

Dann kam ich aus dem Schlafzimmer, weil Soprano fort war und Pansy Norman anpflaumte, weil er ihre große Schwester quasi eine Schlampe genannt habe. Ich war mir nicht sicher, wie Violet sich an ihrem neuen Platz fühlen würde, vor Fremden, die sich stritten.

Sie ruhte auf dem Kaminsims rechts von und etwas hinter dem alten Titelseitenfoto meines Vaters. Da saßen sie beieinander, der eine, von dem wir dachten, wir wüssten alles über ihn, nur nicht, wo er war (oder nicht war), und die andere, von der wir rein gar nichts wussten, außer dass sie tot und im Haus meiner Großmutter war. Ich starrte sie aus einem von Pansys mit Deckchen überhäuften Sesseln an und fragte mich kurz, was wir da angestellt hatten. Ging es mich wirklich etwas an, wo ein Haufen Asche landete? Hatte ich nicht mehr alle Tassen im Schrank gehabt in der Nacht, in der ich mein Herz daran hängte, sie zu retten?

Ich spürte, wie Pansys Augen von mir zu der Urne wanderten und darauf warteten, dass etwas geschah, vielleicht dass eine Geisterstimme sich meldete oder meine Pupillen nach hinten rollten oder der Strom ausfiel und ein wenig Ektoplasma erschien. Ich wollte sie nicht enttäuschen.

Dann ... dann spürte ich es, schwach zuerst, aber unverkennbar.

Violet war glücklich.

Es war wie eine mählich kriechende Glut und ich konnte nicht anders, ich lächelte für sie. Sie hatte es warm (die Heizung lief ständig auf vollen Touren) und ihr gefiel die Einrichtung (überladen und eine Menge Häkeldeckchen) und niemand rauchte oder fluchte, und könnte sie vielleicht ein wenig Musik hören? Rachmaninows viertes Klavierkonzert (von dem ich übrigens nie gehört hatte, das schwöre ich, aber Norman hatte es auf Schallplatte, und wir legten es auf, und Violet kannte es in- und auswendig, und es machte sie ganz hibbelig, was ziemlich erstaunlich war). Vielleicht war betreutes Wohnen in Kentish Town nicht gerade ihr Wunschtraum von einer ewigen Idylle, aber es war eine Klasse besser als Apollo Cars, und Violet wollte uns wissen lassen, dass sie dankbar war.

Ich war vollkommen fertig. Meine Beine zitterten. Pansy hielt mich für den nächsten Uri Geller. Sie starrte mich dauernd an, mit offenem Mund und ungewohnt respektvollem Blick.

(Nebenbei, ich halte Uri Geller für einen großen bekloppten Schwindler, aber Pansy glaubt, er sei ein echter Tausendsassa, weil Normans Uhr kaputt war und Uri sie anscheinend durch den Fernseher hindurch repariert hat.)

Und ich fand, dass Vater und Violet Park gar nicht so unterschiedlich seien. Die eine war tot und der andere verschwunden, aber jeder hat seine Geheimnisse, oder nicht? Nimm irgendeine Familie, hinter den Kulissen rascheln unaussprechliche Dinge, garantiert. Ich erzähl euch einiges von dem, was bei uns los ist:

1. Da ist zunächst mal Vater (natürlich), der irgendein anderes Leben führt, von dem wir null Komma nix wissen, oder tot ist, was er ebenfalls ziemlich geheim hält.

2. Pansy bekam ein Kind (meinen Vater) von einem Lexikon-Vertreter, ehe sie Norman heiratete. Damals ging sie frank und frei damit um, aber jetzt will sie nicht, dass man auch nur ein Wort darüber verliert, und sie schwindelt mit ihrem Hochzeitstag, nur damit es ehelich aussieht.

3. Norman konnte keine Kinder zeugen (Mumps), aber er hat keine Ahnung, dass wir alle wissen, dass er genau genommen nicht so eng mit uns verwandt ist. Mutter hat es mir und Mercy vor Langem gesagt, bevor Vater wegging, und ich weiß noch, dass ich damals dachte, das macht keinen Unterschied. Jed weiß es noch nicht, zumindest glaube ich nicht, dass er es weiß. Vielleicht hat sogar Norman vergessen, dass

er nicht der echte Vater meines Vaters ist, wo er ihn doch so sehr vermisst und senil wird und alles.

4. Mutter hat jetzt seit einem halben Jahr einen Freund, und sie glaubt, keiner von uns weiß es. Es ist nicht Bob (schade), aber sie hat ein paarmal mit Bob geschlafen, auch etwas, von dem sie glaubt, wir hätten es nie erfahren. Mutters Freund heißt David und er unterrichtet Aktzeichnen im Gemeindezentrum. Er ist schon nett, aber er trägt komischen Schmuck und redet ziemlichen Stuss.

5. Mercy nimmt die Pille und raucht und nimmt Drogen und klaut in Läden und schwänzt die Schule und klettert aus dem Schlafzimmerfenster, um ihren Dealer-Knacki von einem Freund zu besuchen, wenn sie Ausgehverbot hat.

6. Jed macht ins Bett, aber Mutter musste ihm versprechen, dass sie es uns nicht verrät.

7. Mutter hat es uns verraten.

Das ist noch nicht mal alles, aber mehr verrate ich nicht, weil ich eigentlich nur sagen will, dass wir eine Menge Geheimnisse haben und alle anderen auch. Ich schätze, vermisst zu sein und tot zu sein, wie Vater und Violet, ist eben auch so eine Art, ein Geheimnis zu bewahren, ein größeres. Und Geheimnisse sind nie so schwer zu lüften. Irgendwer verplappert sich immer oder hinterlässt eine Spur oder sagt etwas Falsches zur richtigen Zeit. Und dann finden alle die Wahrheit heraus, ob sie es wollen oder nicht.

# Acht

Bob Cutforth war ein Mann mit Geheimnissen. Früher hatte er einen ganzen Berg davon, jetzt hat er keine mehr. Er sagt, das sei besser so, aber es muss ziemlich schmerzhaft gewesen sein, immer wieder damit aufzufliegen, wie es ihm passiert ist, und nach und nach alles zu verlieren. Was ich an Bob wirklich mag, was mir an ihm absolut am besten gefällt, ist, dass er jetzt, wo er nichts mehr hat, viel glücklicher ist als je zuvor. Bob sagt, nichts mehr zu verlieren zu haben ist die schönste Art von Freiheit.

Er sagt, als er noch in einem großen Haus am Camden Square lebte, mit einer schönen studierten Frau und einer sexy Assistentin und einer Rassehündin und einem beeindruckenden Weinkeller und einem großartigen Job und einem dicken Geldbeutel, da hörte er keine einzige Minute auf, sich Sorgen zu machen. Bob machte sich Sorgen, ausgeraubt oder überfallen oder ermordet zu werden. Seine Frau war neurotisch und seine Assistentin war unersättlich, deshalb konnte er keine von beiden zufriedenstellen, und das machte ihm Sorgen. Seine Hündin war auf Valium und stürzte sich eines Morgens durch ein Panzerglasfenster, als er zum Flughafen aufbrach, weil sie nicht allein gelassen werden wollte.

Bobs Arbeit machte ihm so viel Angst, dass es ihm die Luft zum Leben nahm. Er fuhr nach Ruanda und Afghanistan und

Pakistan und auf die Philippinen und nach Libyen und Kolumbien; zu Zeiten, als andere Leute schon Angst hatten, wenn sie davon im Fernsehen mitbekamen. Kein Wunder hatte er Angst. Bob sagt, am Ende hätte er einen Liter Wodka am Tag getrunken, und der Weinkeller sei nur zum Vorzeigen da gewesen.

Ich denke, was noch so toll ist an Bob, ist die Tatsache, dass er auch hätte verschwinden können, einfach so, dass er sich aber zum Bleiben entschieden hat. Er war mal ein Idol für alle Welt, wie John Simpson oder Raggy Omar, und dann urplötzlich war er ein verkommener Spinner ohne Moral, ohne Arbeit, mit einer Geliebten, einem Kokainproblem, einer teuren Scheidung und einem Fahrverbot wegen Trunkenheit am Steuer. Er muss drauf und dran gewesen sein abzuhauen, aber er hat es ausgehalten, all das, und dafür muss man ihn einfach mögen.

Ich frage mich andauernd, was denn so schlimm gewesen sein soll, dass mein Vater es nicht ausgehalten hat? Ich mag die Richtung nicht, in die ich gelange, wenn ich versuche, diese Frage zu beantworten. Wie schon gesagt – es ist nicht das Wissen, das einen verrückt macht. Es ist, dass man sich Dinge vorstellt, von denen man sich wünscht, man würde von allein gar nicht erst auf die Idee kommen.

Natürlich ist Bob derjenige, mit dem ich am besten über meinen Vater reden kann, und er weiß eine Menge verrückter Geheimnisse, was mich dazu verleitet zu glauben, ich würde meinen Vater jetzt besser kennen. Bob und mein Vater kannten sich schon seit Jahren. Als sie frisch von der Uni kamen, arbeiteten sie gemeinsam bei einer Lokalzeitung – dem *Radnorshire Express*. Bob sagt, mit Express hätte das nichts zu tun gehabt, es sei der ödeste, deprimierendste Ort gewesen, an dem er je gelebt habe, und ohne meinen Vater wäre er vor Langeweile verrückt geworden. Ich stelle mir vor, dass es ein wenig wie Andover war, das ist der langweiligste Ort, den ich kenne. Meine Mutter hatte mich auf ein Abenteuer-Wochenende dorthin geschickt, und ich behaupte immer noch, dass sie diese Leute wegen irreführender Werbung hätte verklagen sollen.

Bob zufolge war mein Vater schon einmal verschwunden.

Er war dreiundzwanzig oder vierundzwanzig. Er hatte was mit einer Krankenschwester aus Brasilien, die Luzmira hieß (Bob sagte, das bedeute: »Sieh ins Licht«). Bob und mein Vater arbeiteten beim *Evening Standard,* und damals kamen sie häufig zum Trinken und zum Pokern um richtiges Geld mit ein paar Ärzten vom Charing Cross Hospital zusammen. Eine seltsame Clique, sagte Bob, richtige Freaks, die hätten ihm den Umgang mit Medizinern auf Dauer verleidet. Bob sagt, Vater steckte bis zum Hals in der Sache und schuldete ihnen eine Menge Geld. Dann plötzlich kam Vater nicht mehr zur Arbeit und auch nicht zum Poker, und er verlor seinen Job. Luzmira und die Ärzte meinten, sie hätten ihn nicht gesehen. Seine Vermieterin räumte all seine Sachen in einen Schrank und vermietete sein Zimmer weiter. Bob dachte, mein Vater sei tot. Etwa drei Monate später kam er zurück, aus heiterem Himmel, und wollte keinem sagen, wo er gewesen war, nicht mal Bob, und das hat er auch nie getan.

Immerhin, wenn mein Vater schon einmal verschwunden und wieder aufgetaucht ist, dann kann er das auch ein zweites Mal bringen.

Agatha Christie verschwand mal für eine Weile, als sie schon ziemlich berühmt war, und irgendwann kam sie zurück, aber niemand weiß, wo sie gesteckt hatte. Nur mein Freund Ed, der, in dessen Haus ich war in der Nacht, als ich Violet traf, der meint, er wisse es genau. Ed behauptet, dass sein Urgroßvater mütterlicherseits eine geheime Affäre mit Agatha Christie in Jamaika oder Antigua oder sonst wo hatte, aber es ging nicht gut, weshalb er zu seiner Frau nach Swindon zurückkehrte. Er bewahrte diesen Schal, den ihm Agatha Christie geschenkt hatte, in seiner Sockenschublade auf, und ab und an, wenn seine Frau nicht hinsah, streichelte er ihn zärtlich. Aber seine Frau wusste es natürlich, weil Frauen in der damaligen Zeit die sauberen Socken ihrer Männer einräumten und über Affären oder Liebestrophäen schwiegen, um der Schande zu entgehen. Wenn mein Vater sich mit einer Krimiautorin auf den West-indischen Inseln verbunkert hätte (oder mit einer Kranken-schwester in Brasilien), würde meine Mutter einen Riesenkrach schlagen. Es schert sie nicht im Geringsten, was die Nachbarn sagen könnten.

# Neun

Wenn wir Violet erst mal aus dem Taxibüro raushätten, wäre alles ganz einfach, dachte ich. Da saß ich mit ihr in Pansys und Normans Wohnzimmer und wusste nicht, was dagegen sprechen sollte, sie an einem viel besseren Ort zu verstreuen und ihrem Tod zu überlassen und dann einfach mein bisheriges Leben weiterzuführen. Doch ich schob es immer wieder hinaus, und es dauerte über sechs Wochen, bis ich erkannte, dass sie noch nicht bereit war zu gehen.

Mercy hatte mal eine Geschichte über Tote gelesen, die ein sehr angenehmes Nachleben führen konnten, solange man auf der Erde an sie dachte, doch kaum waren sie auch nur für einen Moment in Vergessenheit geraten, verschwanden sie ins Nichts. Sie lag mir die ganze Zeit damit in den Ohren, welch fantastische Idee das sei und überhaupt, bis ich es nicht mehr hören konnte, aber die Geschichte fiel mir immer wieder ein, und ich dachte, wenn Violet sich verzweifelt ans Leben klammert (um es mal so auszudrücken), während alle sie so gründlich vergessen hatten, muss das natürlich einen Grund haben. Sie kam mir so lebendig vor in diesem kleinen Gefäß, es musste etwas geben, das sie unbedingt noch getan haben wollte, bevor sie bereit war, sich für immer irgendwo in nichts zu verwandeln. Ich wusste nur nicht, was es war, das noch getan werden musste.

Ich wusste noch gar nichts über sie, außer dass sie tot war.

Und dann ging ich mit Jed ins Kino.

Filme ansehen steht in den Top Ten unserer Lieblingsbeschäftigungen ganz hoch oben. Ich könnte mir mein ganzes Leben lang Filme ansehen, einen nach dem anderen, und nie das Gefühl haben, ich hätte auch nur eine Sekunde verschwendet. Jed mag alte Streifen, die er mit Norman gesehen hat, von Charlie Chaplin oder den Marx Brothers, aber auch alles von Pixar und die meisten Zeichentrickfilme. Ich habe ihn bei diesem Kinoklub für Kinder angemeldet. Dort sahen wir uns dann *Binkys Magisches Klavier* an, das war ein recht alter, recht lahmer Film, halb Zeichentrick, halb mit echten Schauspielern, er handelte von einem Wunderkind, das alles auf dem Klavier spielen konnte und Konzerte auf der ganzen Welt gab, nur dass der Junge kein Genie war, weil nämlich sein Klavier die ganze Arbeit machte. Dann entschied das Klavier eines Tages, dass es genug hatte, als Binky gerade bei einer Zugabe in der Carnegie Hall war, und er brachte nichts Richtiges mehr zustande, nicht mal einen Flohwalzer, darauf musste er alles beichten, und dann wachte er auf, und das Ganze war ein Traum. Ende.

Jed fand ihn richtig gut und wir wollten gerade das Kino verlassen, als ich zufällig auf den Abspann schaute, der altmodisch abrollte, und da stand: *Alle Klavierstücke wurden gespielt von Violet Park mit dem Royal Philharmonic Orchestra in den Pinewood Studios, England.* Ich setzte mich wieder auf meinen Platz und mein Mund wurde ganz trocken und ich glotzte auf die Leinwand, denn ich wusste, das ist sie, genau wie zuvor, als ich gewusst hatte, dass sie meine Hilfe brauchte und ich ihren Namen kannte und wusste, dass es ihr bei Pansy gefiel.

Den ganzen Weg nach Hause führte ich Jed an der Hand über die Straßen und lauschte dem, was er über Binky sagte und dass er auch eine magische Gitarre haben wolle und ob wir Eier auf Toast mit Bohnen essen könnten, wenn wir heimkämen, und ich sagte die ganze Zeit stumm vor mich hin: »Ich hab sie gefunden, ich hab sie gefunden, ich hab sie gefunden«, und ich wusste, dass Violet sich riesig freuen würde.

Als wir nach Hause kamen, lieferte ich Jed wie ein Päckchen bei Mutter ab, worüber sie sich wahrscheinlich beide ärgerten, und ging geradewegs in die Bibliothek zu einem Computer, um Violet Park, die Pianistin, zu suchen. Bei meinem Vater hatte ich es endlos versucht, aber es waren dann immer seine alten Artikel gekommen oder Sachen aus der Zeit, als er gerade verschwunden war, nie etwas Richtiges über ihn, also hatte ich es in letzter Zeit nicht mehr so häufig getan.

Die Bibliothek am Queens Crescent ist schon in Ordnung. Sie ist in einem kastenartigen Bau mit Wohnungen und hat einen komischen Kühlturm aus gelben Ziegelsteinen. Drinnen ist es ziemlich laut, wenn man die Regeln bedenkt, und die Spiele und die Bücher und die Möbel gehen alle kaputt und werden geklaut. Meist ist sie voller Leute, die nicht wissen, wo sie sonst hinsollen, deswegen macht keiner von denen, die dort arbeiten, irgendwem sonderlich Stress. Die reden mit dir, als würdest du genauso viel gelten wie irgendwer sonst, wer immer du auch bist. Wenn man darüber nachdenkt, ist es so ziemlich das beschissenste Gefühl, das es gibt, nirgendwohin zu können, wo es gut ist. Ich habe Glück, weil ich mein eigenes Zimmer habe und eigentlich immer nur ein Mensch auf einmal mich anschreit. Aber wenn ich nach Hause gehen würde und mich alle anschreien würden und mich zum Teufel schicken wollten, dann wäre es das Letzte, was ich brauchen könnte, dass mich auch noch irgendwelche Leute in der Bücherei anschreien, nur weil ich da bin.

Eds elegante Mutter nennt die Kinder im Crescent »Thugs« und hämmert das Wort gegen ihre Zunge, damit es richtig hässlich klingt, THUG, wie mit Absicht. Jeder, der unter zwanzig ist oder ein wenig knapp bei Kasse ist und vorzugsweise männlich ist (aber die Zeiten ändern sich), der nach Einbruch der Dunkelheit noch draußen ist, der ist für Eds Mutter ein Thug. Ich sagte, er solle ihr ausrichten, dass wir die Thugs in Geschichte hatten und dass sie in Wahrheit diese ziemlich faszinierende Bande von Mördern in Indien waren, vor etwa hundert Jahren. Sie erdrosselten Leute mit einem langen Schal, in dessen beide Zipfel eine Rupie eingenäht war. Es war ihr Schicksal, Thugs zu sein, und sie hatten keine Wahl und sie nahmen es hin als ihre Rolle in der Ordnung der Dinge. Sie hatten Initiationsriten und Ehrenkodexe und alles, sie hingen nicht nur an Straßenecken rum und trugen beschissene Trainingsanzüge und rauchten Dope.

Ich schrieb VIOLET PARK in das Suchfeld und bekam 71 600 Treffer.

Und da war sie, meine Violet, etwa in der Mitte von Seite 1 von 832, die ungefähr so aussah:

- Ein Buch namens *Violet Fire* von Soundso Park, bei dem es anscheinend um die Augenfarbe eines Mädchens ging.
- *The Violet Voice* und eine Menge anderes Zeug von der African Violet Society, geleitet von einer Dame namens Mrs Park.
- Eine Webseite namens »Flowers are Forever« über zwei kleine Mädchen in Amerika namens Janice und Violet, die

bei einem Feuer starben, und über ein Mädchen in der zehnten Klasse, das ein Gedicht für sie geschrieben hat.

– Violet Park Sneddon aus Manchester, die vorletztes Jahr am 8. September starb, im Alter von 73.
– *Dicke Mädchen und dralle Schlampen,* in den Hauptrollen Jenny Park, Violet und Tia Lorene, eine Seite, die ich mir angucken würde, wenn ich nicht in einer Bücherei wäre, die solche Sachen gesperrt hat.
– Violet Mary Park aus Maidstone, 19. April, 57 Jahre (nicht tot).
– Violet Park, Indiana, ein Gartenmarkt von der Firma, der auch das Lilienparadies in Wellfleet, Massachusetts, gehört.
– Violet Park Barker aus Blair Gowrie in Schottland (1913–1978).
– Violets Rubber Stamp Inn in Ventura, Kalifornien – Schreibutensilien und Kurse.
– Orlando Park, ein Schriftsteller, Stuntman und Pferdeausbilder auf der Violet Farm in Neuseeland.
– Dreidimensionale Demenz, etwas über Zeitreisen oder das Gedächtnis oder so. Verstanden habe ich es nicht.
– Violet Park (1927–2002), eine Pianistin auf der Webseite für bedeutende Frauen Tasmaniens, »Tasmanian Significant Women«.

Bingo.
Die Webseite der bedeutenden Frauen Tasmaniens ist mächtig stolz auf Violet Park.
Belinda, die Freundin meiner Mutter, hat in Tasmanien gelebt, als sie noch ein kleines Kind war, und sie behauptet, eins der wenigen Dinge, an die sie sich erinnern kann, ist, dass ihr Reit-

lehrer einen schwarzen Schnurrbart und orangenen Lippenstift trug und eine Frau war. Auf der Webseite gibt es keine haarigen Damen, aber es gibt ein Schwarz-Weiß-Foto von Violet im Alter von sechsundzwanzig, etwa wie eine Aufnahme aus einem Filmstudio.

Violet, als sie noch jung und lebendig war.

Sie hält den Blick gesenkt und leicht zur Seite geneigt, wie in vielen von diesen Bildern, und im Profil hat sie diese feine, leicht gekrümmte Nase und lange, lange Wimpern, und ihr Gesicht ist ganz gepudert, mit harten Schatten, und ihre Haut sieht aus wie kalter, porenloser Lehm. Sie hat diese Frisur, die viele alte Damen jetzt tragen, weil sie in Mode war, als sie jung waren, über der Stirn ein wenig gelockt, das Haar kragenlang und seitlich gescheitelt, man kann irgendwie sehen, dass sie für die Aufnahme Lockenwickler dringehabt hatte.

Sie ist nicht so hübsch, wie ich hoffte, aber sie ist umwerfend. Selbst auf dem Computerausdruck, der immer noch an meiner Wand hängt und mies ist, ganz grobkörnig und grau, hat sie etwas, von dem man den Blick einfach nicht abwenden will.

Violet war eine Konzertpianistin aus Hobart in Tasmanien, und sie lebte in Australien und Singapur und Los Angeles und London. Sie ging zum Film, weil sie jemanden auf einer Party getroffen hatte, der einen Film über eine durchgedrehte Pianistin machte, und die Schauspielerin, die diese Rolle hatte, konnte keine Note spielen. Tatsächlich sind Violets Hände in diesem Film zu sehen. Er heißt *Der letzte Schleier* und ist ziemlich altmodisch, aber ihre Hände fliegen hin und her über die Tasten wie kleine Vögel.

Sie ist in vielen Filmen aus dieser Zeit dabei oder besser gesagt, ihr Klavierspiel ist dabei. Ich habe mir ein paar in der guten

Videothek in Camden ausgeliehen. Die Leute in den Filmen sagen »scheen« statt »schön«, und sie sprechen ihre Rs und Ts und Ss deutlich aus, selbst wenn sie mitten in einem Gefühlsausbruch sind. Die Filme haben Titel wie *Grausame Begegnung* und *Das Blumenmädchen* und *Wo sind die guten Männer hin?*. Ich brachte die Filme zu Pansy und Norman mit, damit Violet sie sehen konnte. Pansy war begeistert, sie zog die Vorhänge zu und stellte das Telefon ab (nicht dass es oft läuten würde) und setzte sich mit Norman aufs Sofa und sagte, das sei eine Reise in die Vergangenheit, genau wie im Roxy. Dann kicherte sie wie ein Schulmädchen, woraus ich schloss, dass sie und Norm in der letzten Reihe irgendwas getrieben hatten, aber ich fragte nicht nach. Jedes Mal, wenn die Klaviermusik anschwoll, blickte Pansy zu Violets Urne auf dem Kaminsims und nickte anerkennend. Ich merkte, dass sie sich allmählich daran gewöhnte, sie bei sich zu haben. Es war rührend, wirklich.

# Zehn

Es gibt allerlei Fragen, mit denen man ergründen kann, was für eine Art Mensch du bist. Ich meine nicht diese nutzlosen Fragebögen in den Illustrierten, die Mercy herumliegen lässt. Ich meine die Fragen, welche die Leute ganz unterschiedlich beantworten und anhand von denen man wirklich etwas über sie sagen kann. Zum Beispiel:

- Bist du für die Todesstrafe?
- Wenn dir jemand eine Million Pfund anbieten würde, würdest du für ihn lügen, wenn etwas wirklich Wichtiges auf dem Spiel steht?
- Glaubst du, dass Menschen monogam sein sollten (d. h. einen Partner fürs Leben haben, wie Schwäne und Hummer)?
- Wenn du das Tagebuch von jemandem finden würdest, würdest du es lesen?

Das Vertrackte an diesen Fragen ist, dass du weißt, was die richtige Antwort ist, was du sagen sollst, um alle davon zu überzeugen, dass du ein guter Mensch bist. Aber erst wenn du dann wirklich in einer solchen Situation bist, weißt du tatsächlich, wer du bist. Davon bin ich überzeugt, weil ich Mutters Tagebuch gefunden habe und es gelesen habe, ohne weiter zu überlegen. Da bin ich vor mir selbst erschrocken.

Hätte ich Violets Tagebuch gefunden, wäre es nicht so schlimm gewesen – ich würde viel lieber die tiefsten Geheimnisse einer mysteriösen toten Dame entdecken als die von einem Menschen, den ich jeden Tag sehe, der meine Sachen wäscht und mir Gutenachtküsse gibt und der keine Ahnung hat, dass ich weiß, was er denkt. Denn der Mensch in Mutters Tagebuch, das ist nicht meine Mutter, es ist Nicky und Nicky ist sie, wenn sie alleine ist, aber das ist nicht der Mensch, für den ich sie hielt. Nicht besser oder schlechter, einfach anders, komplizierter, weniger liebenswert, schätze ich, echter.

Als ich das erste Mal meine Nase reinsteckte, glaubte ich nicht, dass ich etwas Interessantes finden würde. Ich dachte, es würden Sachen drinstehen wie *Jed abholen und mit ihm zur Zahnärztin gehen* oder *Abendessen mit David* oder *Yoga 19 Uhr*, und das zeigt, wie ahnungslos ich bin. Das Erste, was ich las, war das hier:

*Wenn ich nicht wütend bin auf Pete, weil er mich verlassen hat, bin ich eifersüchtig auf ihn, weil er als Erster raus ist. Fliehen konnte immer nur einer von uns.*

Ihr versteht also, warum ich weiterlas – oder warum ich hätte aufhören sollen.

Offenbar geht Mutter zu einer Therapeutin namens Janie Golden, und eine der Aufgaben, die sie von ihr bekommen hat, besteht darin, dass sie Gedanken und Gefühle aufschreiben soll, um darüber zu sprechen (das steht auf einem Computerausdruck, der auf die Innenseite des Umschlags getackert ist). Noch so ein Hammer gefällig?

*Ich lernte Pete auf einer Party kennen, als ich 19 war und er 16. Er war so selbstsicher und sah so gut aus und alle schwirrten um ihn herum, weil er gerade von irgendeinem Höllentrip zurückgekehrt war, und ich fühlte mich dermaßen geehrt, weil er mit mir reden wollte, dass ich vergaß, dass ich ihn gar nicht so sehr mochte. Nie und nimmer wäre ich auf den Gedanken gekommen, dass er mich in das Leben führen würde, in dem ich nun stecke.*

Ich sagte mir dauernd, ich müsste das Tagebuch zurücklegen, weil mir nicht gefiel, was ich da las, und zugleich konnte ich nicht aufhören, ich konnte einfach nicht.

*Natürlich war nicht ich geehrt, sondern er. Ich hätte jeden auf dieser Party haben können, den ich gewollt hätte, ich wusste es nur nicht. Das weiß man zu dem Zeitpunkt nie. Wenn ich 60 bin, sage ich allen, ich sei eine schöne 40-Jährige gewesen, aber jetzt komme ich mir überhaupt nicht wie so eine vor.*

Man vergisst immer, dass die eigenen Eltern auch einmal Kinder waren, und weil sie so selten zugeben, dass sie unrecht haben, verpassen sie dir eine Art Gehirnwäsche, bis du am Ende denkst, sie sind perfekt. Aber Junge, was für Fehler meine Mutter gemacht hat. Mir kommt es vor, als ob sie alles und jedes bedauern würde, was sie je getan hat, so ziemlich jedenfalls. Als ob sie nie gewusst hätte, wer sie war, und es erst hinterher rausfand, als es zu spät war.

*Bei jeder Entscheidung, die ich treffe, gibt es die zweite Möglichkeit, den anderen Weg, und ich merke, wie ich mich danach sehne, sobald es zu spät ist. Ein Paar Schuhe, Heirat, immer das Gleiche.*

Ich habe mich nie ernsthaft gefragt, ob meine Mutter und mein Vater ineinander verliebt waren. Das tut man einfach nicht. Ich habe nie auf den Grund der Dinge geblickt, weil es nicht meine Aufgabe war. Mutter hat jahrelang über ihre schreckliche Ehe gewitzelt, und ich hielt es nur für ihre Art, sich über Liebeskummer hinwegzulachen. Jetzt weiß ich nicht mehr, was ich davon halten soll.

*Eins der Kinder hat mich gefragt, warum man Kernfamilie sagt, und ich meinte, weil sie mit verheerenden Folgen explodiert, was sicher nicht von mir erfunden wurde. Ich habe keinen einzigen originellen Gedanken in meinem Körper.*

Jetzt kommt etwas, das ich nie erfahren hätte, wenn ich nicht etwas Falsches getan hätte und in das Intimleben meiner Mutter eingedrungen wäre.

Als ich neun oder zehn war, lernte sie einen Mann kennen und verliebte sich in ihn. Es war nichts zwischen ihnen, aber sie wollte alles für ihn aufgeben, also traf sie sich nie mehr mit ihm und hat auch nie mehr mit ihm geredet und alles, weil sie nicht hätte leben können mit dem, was dann passiert wäre. Ich würde sie gern alle möglichen Dinge fragen, zum Beispiel, hat es sich gelohnt? Und warum suchst du jetzt nicht nach ihm? Und bist du sicher? In ihrem Notizbuch heißt es, nach kaum einer Woche hätte sie vollkommen vergessen, wie er aussah, und konnte sich nur noch an Stückchen erinnern, an ein Auge, einen Abschnitt Zahnfleisch und Zähne, an seine Hände. Ich will ihr sagen, sie hätte ihn wiedersehen sollen und immer wieder, bis ihr etwas auf den Keks gegangen wäre; zum Beispiel, dass er sich in der Nase bohrte oder grob zu einer Kellnerin war, auf diese Weise wäre er lebendig geworden und ihr auf die Nerven gegangen wie wir und Vater, nicht fehlerlos und unerreichbar geblieben. Dann wäre sie nach all den Jahren nicht damit beschäftigt, mit einer Therapeutin über ihn zu reden. Aber wenn ich irgendetwas darüber sage, erfährt sie, wo ich war, und sie würde mich wahrscheinlich hassen.

Meine Mutter schätzt, dass sie ungefähr eine Stunde für sich alleine hat, meist um zehn Uhr abends, aber sie würde sofort vergessen, was sie den ganzen Tag unbedingt hatte tun wollen, also sieht sie in der Zeitung nach, was im Fernsehen läuft, und macht schließlich gar nichts. Für mich ist Nichtstun ungefähr das, was ich tun will, aber das muss sich irgendwann ändern, denn Nichtstun macht meine Mutter traurig.

Mutter hat in ihrem Tagebuch ziemlich viel über uns zu sagen. Von Mercy lässt sie sich überhaupt nichts vormachen, denn sie war auch mal so, und sie glaubt, sie würde am besten daran tun, Mercy zu ignorieren, bis sie auf der anderen Seite wieder rauskommt, wo sie dann bereitstehen wird, um die Scherben aufzulesen. Ich vermute, da geht es um Sex und Drogen und Zungenpiercing, und ich glaube, sie hat wohl recht.

Über Jed sagt Mutter sehr liebe Dinge, wie wir alle, weil er so etwas wie unser Maskottchen ist, dem die Leiche im Keller nichts anhaben kann und der ganz versunken ist in eine Welt aus Legosteinen und Eichhörnchen und Babybel-Käse. Sie hat Angst vor dem Zeitpunkt, da er sie als allerwichtigsten Menschen von der Welt an die Luft setzt, und weiß, dass er näher rückt, weshalb ihr ein wenig mulmig ist.

Über mich sagt sie merkwürdige Dinge, und natürlich ist es meine eigene Schuld, dass mich das dauernd beschäftigt, denn ich hätte es eigentlich nicht sehen dürfen.

*Ich mache mir Sorgen um Lucas. Er verwandelt sich in seinen Vater, mit Absicht, vor meinen Augen, und er macht es schlecht, weil er Pete nie wirklich kannte, nicht so, wie er ihn kennen würde, wenn er noch da wäre. Er kennt nicht mal die Hälfte von alldem, und ich glaube nicht, dass ich es ihm sagen kann.*

Es steht mir nicht zu, so viel über meine Mutter zu wissen.

# Elf

Meine Mutter hat diesen Tick mit den Zähnen. Da ist sie richtig streng. Wir müssen uns alle ständig die Zähne putzen und zweimal am Tag Zahnseide benutzen. Mercy macht sie wegen Nikotinflecken wahnsinnig an. An manchen Abenden, wenn ich wirklich spät heimkomme, drehe ich den Schlüssel im Schloss, wenn ich die Tür zumache, damit es nicht laut ist, und gehe auf Zehenspitzen ganz rücksichtsvoll die Treppe hoch, und wenn ich dann mit ausgezogenen Schuhen an ihrem Zimmer vorbeilaufe, da ruft sie: »Putz dir die Zähne, Lucas!« Es ist, als ob sie die ganze Nacht gewartet hätte, nur um es zu sagen, als hätte sie das Gefühl, uns zwar nicht mehr kontrollieren zu können oder auch die halbe Zeit nicht mehr zu wissen, wo wir sind, aber unsere Zähne, die würde sie niemals aufgeben.

Unsere Zahnärztin ist auf der Rückseite von Apollo Cars, über einem schlunzigen Minimarkt, der früher eine Citroën-Werkstatt war und in dem es penetrant nach Brathähnchen riecht. Man drückt eine Klingel, geht eine Treppe rauf und ist da.

Im Behandlungszimmer hängt ein Gemälde. Das muss ich schon viele Male gesehen haben, zweimal im Jahr in mehr als acht Jahren, um genau zu sein. Ich habe es mir angesehen und mit halbem Ohr der Zahnärztin gelauscht, die über irgendwas Merkwürdiges plauderte, zum Beispiel die Empfindungsfähigkeit der Pflanzen oder die Ähnlichkeiten zwischen einem Spinnennetz und al-Qaida.

Aber das letzte Mal, als ich nach hinten gekippt im Stuhl saß und mein Gesicht aufgespannt war und jemandes Gummihandschuhe in meinem Mund waren, da sah ich es endlich wirklich.

Es ist ein Porträt von Violet.

Ich glaube, ich verschluckte beinahe die Hand der Zahnärztin. Mir war unheimlich, als ob Violet hinter mir hertappen würde oder so. Was hatte sie hier zu suchen?

War das immer schon ein Bild von Violet, fragte ich mich, oder trieb sie einen Spuk mit einem anderen Gemälde, nur um mir auf den Fersen zu bleiben? Wenn ich ginge, würde sie dann verschwinden und würde ein Meerblick oder ein kleines Kind mit Hund an ihre Stelle treten?

Denn genau den Eindruck hatte ich, dass dies nämlich gar kein Gemälde war, sondern die echte Violet Park, die von der Wand auf mich herabschaute.

Wir konnten den Blick nicht voneinander abwenden.

Sie war in einem breiten Holzrahmen, der das Gemälde größer wirken ließ, als es war, nämlich eher so groß wie eine Schuhschachtel. Mir gefiel das Bild, ich konnte die Falten ihrer Bluse sehen, jede Strähne ihres Haars, solche Sachen halt. Ihr Haar war rot. Das Schwarz-Weiß-Foto konnte mir das nicht zeigen; da hätte es jede Farbe haben können. Sie hatte etwas Schüchternes an sich – so, wie sie den Kopf geneigt hielt und zur Seite blickte – und auch etwas Hartes, als wäre mit ihr nicht gut Kirschen essen angesichts ihrer geblähten Nasenflügel wie bei einem Pferd und ihrem starken Kinn. Auf dem Hintergrund waren die Pinselstriche grob, als ob der Maler, wer es auch war, ein wenig in Eile gewesen wäre, als er dazu kam, und einfach schwupp, schwupp, schwupp gemacht hätte. Aber diese Augen waren unglaublich. Grün und fast dreidimensional, wo die Farbe dick aufgetragen und verrieben worden war. Obwohl ich wusste, dass es nur Farbe war und dass die weißen Tupfer auf den anderen Farben Licht darstellten, aber nicht selber Licht waren, waren die Augen so echt, so überzeugend und lebendig, dass ich ziemlich gebannt war.

Es war eindeutig Violet und sie sah eindeutig zu.

Als ich dann gespült und ausgespuckt und meinen Mund wieder für mich hatte, sagte ich: »Ist das Violet Park?«, und hoffte, dabei ganz lässig zu klingen, um zu überspielen, dass ich rot wurde und mir der kalte Schweiß ausbrach.

Die Zahnärztin sagte Ja und woher ich Violet denn kenne? Und ich sagte »aus der Nachbarschaft«, was, wie wir beide wussten, nicht sonderlich überzeugend war, wenn man bedenkt, dass sie seit fünf Jahren tot war.

Dann wandte die Zahnärztin mir den Rücken zu und schrieb etwas in ein Notizbuch und sagte dreierlei.

»Violet lebte in der Nähe, in dem grünen Haus am Chalcott Crescent. Das ist ein Selbstporträt, und sie hat es uns in ihrem Testament vermacht.«

Dann sagte sie, ich solle am Empfang einen Umschlag an mich selbst adressieren, damit sie mir in sechs Monaten eine Erinnerung schicken könnten, sie sagte, ich hätte großartige Zähne, und dann winkte sie mich zur Tür hinaus.

Ich war mir jetzt sicher, dass Violet versuchte, mit mir zu reden. Es traf mich wie ein Schlag, dass sie ein richtiges Testament hinterlassen hatte.

Ich hatte keine Ahnung, dass sie so gut malen konnte.

Ich fragte mich, ob irgendwer aus der Zahnarztpraxis bei Violets

Trauerfeier dabei gewesen war oder ob sie irgendeine Ahnung hatten, dass sie so lange praktisch direkt vor ihren Nasen in dieser Urne festgesteckt hatte.

* * *

Violets Haus ist graugrün mit breiten Schiebefenstern. Eine große alte Glyzinie wächst an ihm hoch, und eine Eisentreppe führt zum Keller hinunter, und es hat einen schwarzen Briefkasten aus Metall. Es liegt an einer halbmondförmigen Straße in Primrose Hill, genau dort, wo eine andere Straße einmündet, so dass man es die ganze Zeit sehen kann, wenn man darauf zugeht. Und wenn man drin wäre und zu den Fenstern hinausschauen würde, könnte man durch die Lücke zwischen den Dächern ungehindert bis zum Park sehen. Es muss eines der besten Häuser in der Gegend sein, was einiges heißen will, auch wenn es ein bisschen heruntergekommen ist und die Farbe überall abblättert und die Dachrinnen ein bisschen vermoost sind.

Ich war mindestens hundertmal an diesem Haus vorbeigegangen, bis ich erfuhr, dass es Violets war.

Es war so vertraut, dass ich es kaum bemerkt hatte, und dann urplötzlich war es neu und fremdartig, und ich hätte es für mein Leben gern betreten. Ich stand davor, als ich von der Zahnärztin zurückkam. Ich stand mitten davor, die Hände auf dem Zaun, und hatte das Gefühl, es würde mich ins Innere saugen. Ich wollte nicht weggehen. Ich glaube, ich habe jeden Zentimeter angestarrt, bis er so vertraut und lebendig wurde wie ein Gesicht, der Anstrich hatte die blasse Farbe eines Blattrückens und schuppte wie Haut, Dachrinnen und Kabel waren ein Gewirr von Adern, jedes Fenster warf ein anderes Licht zurück, und die Fenster im Erdgeschoss spiegelten mich, wie ich ins Innere sah.

# Zwölf

Ich hatte darüber nachgedacht, was Mutter in ihrem Tagebuch geschrieben hatte, nämlich dass ich ein halb garer Dop-
pelgänger meines Vaters sei. Ich hatte darüber nachgedacht,
obwohl ich eigentlich gar keine Ahnung haben durfte, was sie
denkt.

Ich saß in meinem Zimmer und stellte mir immer wieder die-
selbe Frage.

Habe ich meinen Vater richtig in Erinnerung?

Es ist wahrscheinlich kein Zufall, dass ich meine Mutter kaum
je nach ihm fragte und stattdessen Pansy Fragen stellte. Vielleicht sah Pansy ihn so, wie ich ihn sehen wollte, halb blind,
ohne das grausame Licht von echtem Wissen. Wie gut kennen denn Mütter ihre Söhne überhaupt? Ich hing mit einer
toten Dame rum, schlief kaum und stahl die intimsten Gedanken meiner Mutter, und sie hatte von alldem keine Ahnung.
Daraus folgt, dass Pansys großer Junge, der seit fünf Jahren
verschwunden ist, fast ein Fremder für sie sein müsste.

Überhaupt, wie gut kennt man seine eigenen Eltern? Ich fan-
ge erst an zu lernen. Am Anfang denkt man, die Welt gehört
ihnen, und von da an geht es nur noch bergab. Eltern tun zu
viele Dinge, die einen auf die Idee bringen, dass sie nicht ganz
vollkommen sind:

- Sie reden, wie ihrer Meinung nach Teenager reden (immer falsch, so falsch, dass es einem wehtut).
- Sie trinken zu schnell oder zu viel.
- Sie sind grob zu Leuten, die sie nicht kennen.
- Sie flirten mit deinen Lehrern oder deinen Freunden.
- Sie vergessen ihr Alter.
- Sie verwenden ihr Alter gegen dich.
- Sie lassen sich piercen.
- Sie tragen Lederhosen (beide Geschlechter).
- Sie fahren miserabel Auto (und geben es nicht zu).
- Sie kochen miserabel (dito).
- Sie verlottern.
- Sie singen in der Dusche/im Auto/in der Öffentlichkeit.
- Sie entschuldigen sich nicht, wenn sie etwas Falsches getan haben.
- Sie schreien dich oder sich gegenseitig an.
- Sie schlagen dich oder sich gegenseitig.
- Sie bestehlen dich oder sich gegenseitig.
- Sie belügen dich oder sich gegenseitig.
- Sie erzählen dreckige Witze vor deinen Freunden.
- Sie machen dich vor deinen Freunden nieder.
- Sie versuchen, dein Kumpel zu sein, wenn es ihnen gerade passt.

Selbst bei tollen Eltern ist die Liste endlos. Sie können nie gewinnen.

Ich war elf, als Vater verschwand.

Und anstatt ihn zu vermissen oder von ihm zu träumen und ihn irgendwo auf der Straße zu sehen und ihn in eine Art mythischen Übervater zu verwandeln, kam mir nun der Gedanke, dass ich mit ihm streiten könnte, mit ihm Platten kaufen könnte, mich mit ihm jugendschutzwidrig betrinken könnte, ihn beklauen könnte, ihn einen Heuchler nennen könnte, bemerken könnte, dass er aus dem Mund riecht. Echte Sachen, widersprüchliche Sachen, nicht diese perfekten, sehnsüchtigen Vorstellungen, die sich allein in meinem Kopf abspielen.

Vater hat sich all das erspart, was Mutter mit uns durchgemacht hat. Zum Beispiel meine hyperkritische Phase, als alles und jedes, was sie tat, so peinlich war, als es mir sogar die Laune verdarb, wenn ich sie atmen oder kauen hörte und wenn sie nur den Mund aufmachte. Mein Vater blieb außen vor, weil ich ihn für vollkommen hielt und er nicht da war.

Und seit er verschwunden ist, habe ich einiges über meine Mutter gelernt, Schicht um Schicht, gute und schlechte Dinge. Es ist klar, dass sich in dieser Zeit auch der Blick auf meinen Vater geändert hätte.

Also begann ich zu glauben, dass Mutter mit ihrem Urteil über mich recht hatte und dass wir vielleicht darüber reden sollten. Aber ich hatte keine Ahnung, wie ich damit anfangen sollte.

# Dreizehn

Etwa um diese Zeit stürzte Pansy von einer Leiter. Vielleicht war es auch ein Stuhl, aber was es auch war, sie fiel davon runter und schlug auf dem Weg nach unten mit dem Kopf gegen die Arbeitsplatte in der Küche. Sie wachte zwanzig Minuten später mit einer gebrochenen Hüfte und einer Gehirnerschütterung auf, und Norman hatte sich in eine Ecke verkrochen und heulte, weil er dachte, sie sei tot, und er die Notrufnummer 999 vergessen hatte. Sie hatte ein Fenster schließen wollen.

Dieses Problem wenigstens würde sie im London Free Hospital nicht haben. Das ist versiegelt wie ein Aquarium und stinkt auch wie eines. Pansys Station war im achten oder neunten Stock und voller alter Leute, die sich nach einem bisschen frischer Luft sehnten. Ich ging sie gleich nach der Schule besuchen und nahm Jed mit, weil Mutter überstürzt in die Klinik gekommen war und niemand ihn abholen konnte. Wir gingen durch die automatische Schiebetür hinein, unter einem Schwall heißer Luft, und der Geruch schlug uns entgegen, Linoleum und Kohl und Parfüm von alten Damen, und Jed sagte: »Ist das ein Restaurant oder ein Kaufhaus?«

Und ich sagte: »Beides, für Kranke.«

Jed hat es nicht so mit Fahrstühlen. Er erstarrt immer wie ein Hase im Scheinwerferlicht, wenn er einen betreten soll, denn er glaubt, er werde in der Tür eingeklemmt, und weil er stehen bleibt und ein wenig länger braucht, um reinzugehen, passiert das auch meistens. Wir nahmen die Treppe.

Pansy war halb den Flur entlang auf der Edwin-Sprockett-Station, sie lag flach auf einem Bett, in einer knallig apricotfarbenen Pyjamajacke. Die Bettdecke war praktisch ganz um ihre Beine herumgestopft, und sie sah aus wie eine von diesen Puppen mit großen Strickröcken, die Leute ihres Alters über Klopapierrollen tun. Sie hatte ihr Gebiss draußen, und die untere Hälfte ihres Gesichts war ganz eingesunken. Ihre Zähne lagen in einem Becher auf dem Nachttisch, von dem Plastik so stark vergrößert, dass sie verzerrt und riesenhaft aussahen, und Jed beäugte sie. Hier drin gab es eine Menge Zähne in einer Menge Becher.

Mutter schien sich zu freuen, uns zu sehen. Sie hatte Probleme, sich mit Pansy zu unterhalten, das merkte man. Ich sagte, wenn sie wolle, könne sie ruhig nach Hause gehen und für Jed den Tee kochen, mir würde es nichts ausmachen, noch eine Weile zu bleiben. Mutter zwinkerte mir zu und gab Pansy diesen schnellen, zornigen Kuss auf die Wange und verschwand mit Jed. Sie war heilfroh, hier rauszukommen, das sah ein Blinder. Ich schätze, es kann die Beziehung ein wenig belasten, wenn zwei vom selben Mann verlassen wurden. Mutter und Pansy erinnern sich gegenseitig daran, was sie verloren haben, es reicht schon, wenn sie im selben Zimmer sind. Aber in dem Moment, als ich bei Pansy saß und Mutter gehen sah, fiel mir ein, dass nicht Pansy auf die Idee gekommen war, sie seien nicht mehr befreundet – sondern Mutter. Pansy machte es nichts aus, an die Sache erinnert zu werden, überhaupt nichts; das war ziemlich genau das, worauf sie aus war. Aber Mutter konnte damit nicht umgehen. Sie wollte vergessen.

Und ich dachte darüber nach, wer mein Vater für die beiden jeweils war. Pansys perfekter, kluger, hübscher Sohn und Mutters schwieriger, arroganter, abwesender Mann. Sie hätten ebenso gut um zwei verschiedene Männer trauern können.

Wie viele Versionen von Vater vermissen wir, ich und Mercy und Bob und Norman und Mutter und Pansy? Jeder von uns vermisst einen anderen, und keine davon ist wirklich.

Nur Jed ist vielleicht eine Ausnahme, und zwar deshalb, weil Vater für ihn praktisch ein unbeschriebenes Blatt ist.

Pansy verabscheute es, im Krankenhaus zu sein. Sie sagte, ein stickiger Raum voller Kranker sei wie Sterben in einer Tupperdose. Es sei unmöglich, ein wenig für sich zu sein, und niemand wolle alt sein und im Nachthemd in einem Goldfischglas stecken. Sie hätte nie gedacht, dass es möglich wäre, das betreute Wohnen zu vermissen, aber man lerne nie aus.

Sie erzählte mir, dass sie nach dem Sturz aus ihrem Körper herausgeschwebt sei und sich selbst von oben gesehen habe, wie sie da alle viere von sich gestreckt auf dem Küchenboden lag. Aber ihre Nahtoderfahrung hat sie nicht sonderlich beeindruckt. Sie sagte: »Ich drehte mich um, weil ich diesen Tunnel zum Leben nach dem Tod finden wollte, von dem ich in *Reader's Digest* gelesen habe, aber da war nichts, so ein Mist aber auch.«

Pansy machte sich vor allem Sorgen wegen Norman, wie er ohne sie zurechtkäme. Ich meinte, er und Jack würden jetzt höchstwahrscheinlich gerade Süßigkeiten futtern und Kriegserinnerungen austauschen, aber das klang nicht so komisch, wie ich gehofft hatte. Sie sagte, ich solle Violets Asche mit nach Hause nehmen, solange Norman allein sei, denn er würde sie dauernd im Blick haben und denken, jemand sei gestorben, und das würde ihn durcheinanderbringen. Um sie aufzumuntern, erzählte ich ihr von Violets Webseite und ihrem Porträt und dass ich bei der Zahnärztin erfahren hatte, dass sie praktisch um die Ecke gelebt hatte und alles. Aber Pansy hörte nicht richtig zu, und dann kam die Schwester und meinte, es sei Zeit für Pansys abendliches Bad, was der Wink war, dass ich gehen sollte.

Weil Pansy mich darum gebeten hatte, ging ich gleich bei Norman vorbei, und er öffnete die Tür mit verdutzter Miene und ein bisschen verweint. Die Haushaltshilfe war gerade da, plauderte ganz munter und pfiff laut vor sich hin, und ich glaube, Norman dachte, er wäre mit ihr verheiratet. Er gab sich Mühe, seine Enttäuschung zu verbergen. Als er mir ins Wohnzimmer folgte und die Urne sah, fing er wieder fürchterlich an zu weinen, aber ich brachte einfach nicht aus ihm heraus, wen er für tot hielt.

»Es ist Violet, Opa«, sagte ich durch den Lärm des Staubsaugers.

Norman machte ein entsetztes Gesicht und sagte: »Violet? Wann ist sie gestorben?«, aber ich hatte keine Zeit, es ihm zu erklären.

Ich ließ Violet noch einen letzten Blick umherwerfen, dann prüfte ich, ob ihr Deckel fest geschlossen war, und stopfte sie in meinen Rucksack. Und weil ich es nicht über mich brachte, sie nach Hause zu nehmen und allen zu erklären, was ich da in meinem Rucksack hatte, ging ich zu Bob.

Frage: Wie taucht man mit einer toten Dame im Gepäck in einer fremden Wohnung auf?

Antwort: Du sagst kein Wort davon.

Während Bob in der Küche war, stopfte ich meinen Rucksack in das Bodenfach seines Schranks. Violet hasste mich in diesem

Moment dafür, dass ich sie hergebracht hatte. Das fühlte ich durch den Stoff meines Rucksacks sickern. Dies war das genaue Gegenteil von Pansys und Norms Wohnung. Es gab keinen Messingzierrat, keine Teller mit der königlichen Hochzeit an den Wänden und keine Spitzendeckchen auf den Möbeln. Bob hat es nicht so mit dem Ausstaffieren der Wohnung, nicht mal mit dem Putzen. Da war dieser Gemeinschaftsflur, in dem es nach Kohlsuppe roch. Im Badezimmer gab es eine nackte Glühbirne, Kerzen und Räucherstäbchen, und es gab keinen Fernseher. Violet war ganz bestimmt nicht beeindruckt.

Bob machte mir einen grünen Tee und erklärte mir, dass die Zenbuddhisten ihn trinken, um einen klaren Kopf zu bekommen, bevor sie meditieren. Ich schluckte ihn runter, weil ich dachte, ein klarer Kopf könne mir jetzt nur guttun. Er schmeckte nach Gras. Bob fragte mich, wie es zu Hause ginge, und ich grunzte ein wenig, und Bob sagte: »Deine Mutter macht sich Sorgen um dich«, und ich sagte: »Tja, sie glaubt, ich verwandle mich in Vater«, und er sagte: »Stimmt das?«, und ich sagte: »Woher soll ich das wissen?«, worauf er meinte, da hätte ich wohl recht.

Dann sagte ich etwas in der Art, Mutter habe mehr als genug eigene Probleme, ohne dass sie Dinge über mich erfinden müsse, und Bob durchschaute meinen Bluff so ziemlich, weil er sagte: »Oh, du bist also Fachmann für die Psyche deiner Mutter, ja?«, und ich sagte Ja, weil ich Mutters Tagebuch gefunden hätte und nicht aufhören könne, darin zu lesen, obwohl ich über das Wissen, das es mir lieferte, nicht froh war.

Es war im Grunde eine Erleichterung, jemandem davon zu erzählen.

Bob meinte, ich solle damit aufhören, es sei eine Art Grenzverletzung. Er sagte: »Es ist unverzeihlich.« Es gäbe Möglichkeiten, über Dinge zu reden, die ich gelesen hätte, ohne dass ich zugeben müsste, dass ich sie gelesen hätte.

Ich sagte ihm, sie hätte geschrieben *Ich wünschte, ich würde Bob lieben,* denn ich glaubte, es würde ihn vielleicht interessieren, aber er runzelte nur die Stirn und blickte auf den Teppich. Bevor ich ihn verließ, fragte er, wie es Pansy ginge. Meine Mutter hätte angerufen und ihm gesagt, was passiert war. Ich erzählte ihm von Pansys flüchtiger Bekanntschaft mit dem Leben nach dem Tod und dass es ihren Erwartungen nicht entsprochen hätte. Wir fanden beide, das sei typisch Pansy. Selbst der Himmel war nicht mehr das, was er mal war.

# Vierzehn

Mein Freund Ed mit der eleganten Mutter und dem Haus in Primrose Hill sagte, ich sei immer schon seltsam gewesen und nun würde ich noch seltsamer werden. Es hätte ihm immer gefallen, dass ich mich anziehen würde wie ein alter Mann und mit mir selbst reden würde (offenbar) und mich nicht sonderlich darum kümmern würde, was die Leute über mich reden. Aber dann sagte er, ich sollte mich mal darum kümmern, weil die Leute, die über mich redeten, Mädchen seien, hübsche Mädchen, und er mit einer von ihnen ausgehen wolle. Ed wollte mit mir und diesen hübschen Mädchen in irgendeiner Bar etwas trinken gehen, aber ich solle mich nicht anziehen wie ein alter Mann und auch nicht mit mir selbst reden oder angespannt sein oder allein sein wollen – mit anderen Worten, überhaupt nicht ich selbst sein, sondern irgendein perfekter Freund, den ich für Ed spielen soll.

Mir graute davor.

Aber ich ging mit, denn Ed ist mein Freund, und davon habe ich ehrlich gesagt nicht so viele, und ich mag ihn, obwohl wir unterschiedlich sind.

Ich kann mich nicht mehr genau erinnern, wie ich Ed kennenlernte. Er war schon eine Zeit lang in meinem Umkreis, ehe wir dann wirklich miteinander sprachen. Als er an die Schule kam, waren wir beide ziemliche Einzelgänger, und so sind wir schließlich gemeinsame Einzelgänger geworden. Ed kam mitten im neunten Schuljahr. Er war in einer exklusiven und teuren Schule nach der anderen gewesen, und eine nach der anderen hatte ihn rausgeworfen. Ihm zufolge muss man gar nicht so viel tun, damit sie dich auffordern zu gehen. Seine Mutter rauft sich buchstäblich die gefönten Haare, weil er eine so simple Schulbildung kriegt, aber Ed meint, diese Schule sei die erste, die er überhaupt mag, und deshalb müssten sie mit ihrem Streit leben. Außerdem fällt Ed natürlich nicht mehr so auf wie damals, als er ankam. Er fügt sich gut ein. Alle mögen Ed.

Also gingen wir einen trinken, obwohl ich überhaupt keine Lust dazu hatte. Es war ein schöner Abend in Camden, der Himmel über dem Stables Market wurde zum Ausgleich dafür, dass er so klein war, rosa und violett und golden. In Pubs habe ich nie Probleme, vielleicht weil ich so groß bin, aber wir gingen irgendwohin, wo wir noch nie waren, und Ed steuerte gleich auf den Garten zu, nur für den Fall. Ich trank ein Guinness, es war ekelhaft und köstlich zugleich. Ed trank irgendein Modebier aus der Flasche und kaute an seinen Nägeln.

Er sagte: »Sie sind noch nicht da, sie kommen nicht«, praktisch in dem Moment, als wir uns gesetzt hatten.

Ich weiß nicht, wer von uns nervöser war.

Ed hatte mir schon gesagt, was ich seiner Meinung nach wissen musste, nämlich dass die Mädchen Natalie (blond) und Martha (braun) hießen und beide siebzehn waren. Die Blonde, Natalie, war in der Sportgruppe und hatte sich ihren Nabel piercen lassen und gehörte Ed, also sollte ich nicht versuchen, sie irgendwie anzumachen. Anscheinend konnte ich Martha haben, über die etwas rauszufinden Ed gar nicht für nötig gehalten hatte.

Ich sagte gerade zu Ed, es sei ein Witz, dass er (ausnahmsweise mal) ganz hibbelig und nervös sei und ich nicht, da tauchten die Mädchen auf, und es haute mich um, weil Natalie zwar auf ziemlich nette Art sehr hübsch war und ich überhaupt nicht auf sie abfuhr, aber Martha so schön war, dass ich heulen wollte.

An diesem ersten Abend mit Martha starrte ich sie dauernd an. Ich wandte die ganze Zeit nicht den Blick von ihr ab, und sie sagt, sie sei dankbar dafür gewesen. Normalerweise würden die Leute sie überhaupt nicht beachten.

Ich weiß nicht, wie das möglich ist.

Als Martha zwei Tage und zweieinhalb Stunden nach unserem ersten Treffen anrief, nahm ich den Hörer ab, und sie sagte: »Hallo, hier ist Martha. Martha Hooper. Natalies Freundin, wir haben uns Freitag getroffen«, so eben, und so ging es weiter, als ob ich viele andere Marthas kennen würde oder mich überhaupt nicht an sie erinnern würde. Das machte mich fertig.

Ich weiß nicht mehr viel über diesen Abend, aber ich weiß noch alles über Martha.

Martha ist neun Monate älter als ich.

Martha hat kein braunes Haar. Marthas Haar hat tausend verschiedene Farben, jedes Haar ist anders als das nächste – schwarz, beinah schwarz, schoko, kastanie, mahagoni, bernstein, blond.

Marthas Augen sind nicht grün. Sie sind oliv und baumrinde und efeu und jade.

Marthas Haut ist blass und weich, am blassesten an der Innenseite ihrer Handgelenke, am weichsten an ihren Schenkeln, sommersprossig an der Nase und an den Wangen und Schultern.

Martha ist ein Einzelkind, und ihre Mutter und ihr Vater lieben sich noch, und Marthas Mutter hat Krebs.

Martha sagt, ihre Mutter hätte seit über zehn Jahren irgendeine Art von Krebs, seit Martha sieben war.

Sie sagt, bei ihnen zu Hause würden sie immer einen Witz machen, wie oft ihre Mutter im Lauf der Jahre eine Perücke zu Marthas Geburtstagsfesten getragen hat.

Martha sagt, ihre Mutter sei der lustigste Mensch von allen und würde es schaffen, einen über alles Mögliche zum Lachen zu bringen, selbst über das Sterben mit vierundvierzig. Ihre Mutter sagt, der einzige Weg, mit Krebs umzugehen, besteht darin, ihn zu verspotten und ihn herabzuwürdigen, andernfalls ergreift er von allem Besitz, was du tust oder sagst oder denkst, und dann gewinnt er.

Martha sagt, meist gewinnt er am Ende doch.

Als ich Martha das zweite Mal traf, nahm sie mich mit in die St. Johns Gardens, einen sehr ruhigen Teil von Regents Park am Rosengarten, von dessen Existenz ich bis dahin überhaupt nicht wusste. Da verläuft sich kaum jemand hin. Es war sonnig und ruhig und wir saßen auf einer blauen Bank und Martha küsste mich. Ich legte meinen Kopf in ihren Schoß und sah durch die Bäume hoch zum Himmel und sie streichelte mir das Haar.

Sie stellte mir eine Frage, eine unbestimmte. »Erzähl mir etwas von dir, was niemand sonst weiß.«

Das war nicht schwer. Ich hatte eine große Auswahl. Das sagte ich ihr. Ich sagte, ich würde eigentlich nicht so viel reden, und sie sagte: »Mit mir kannst du reden.«

Also tat ich es. Über meinen Vater. Über Mutter und Bob und Jed und Mercy und Pansy und Norman.

Und über Violet.

»Violet Park?«, sagte sie. »Die Pianistin? Mein Vater hat eine Platte von ihr. Als ich klein war, habe ich mir immer wieder *Der letzte Schleier* angeschaut, nur um ihre Hände zu sehen.«

»Wie kleine Vögel«, sagten wir gleichzeitig.

Ich wollte sie an Ort und Stelle heiraten.

# Fünfzehn

Während Pansy noch im Krankenhaus war, ging ich mit Norman an Violets Haus vorbei. Geplant hatte ich es nicht. Ich und Jed und Norman gingen mit Jack auf dem Hügel spazieren und schlugen einfach diesen Weg ein, nichts weiter.

Ich ging hinter ihnen die Straße entlang, weil ich Jack an der Leine hatte und er stehen geblieben war, um interessantes unsichtbares Ding Nummer siebenunddreißig zu beschnüffeln, und als sie an ihrem Haus vorbeikamen, glaubte ich Norman zu Jed sagen hören: »Violets Haus Augen links«, und ich sagte: »Was?«

Sie blieben stehen und ich sagte laut und ein wenig barsch: »Was hast du gesagt?«, und Norman wandte den Blick zu mir zurück und Jed schaute auf seine Füße.

Und dann sagte Norman ganz deutlich: »Das ist Violets Haus, das von der Dame, deren Asche du gefunden hast. Der Pianistin.« Alles wurde still, und ich war plötzlich sehr weit weg und betrachtete Norman durch ein Fernrohr.

Ich sagte: »Woher weißt du das?« (weil, im Ernst, wie groß war die Wahrscheinlichkeit, dass Norman irgendetwas davon wusste?), und er sagte: »Ich weiß das, weil dein Vater sie hier immer besucht hat.«

Norman hat diese Art zu reden, bei der er kaum den Mund bewegt und seine Stimme sehr tief und sehr leise ist. Er hat einen großen alten scheckigen Schnurrbart, der herumhüpft, so dass sein fast unbewegter Mund und seine sehr leisen Worte sich manchmal gar nicht vernehmlich machen. Ich spulte zurück, nur um mich zu vergewissern, und lauschte erneut und hörte: »Weil dein Vater sie hier immer besucht hat.«

Ich war hin- und hergerissen und wusste nicht, ob ich ihm glauben oder nur laut loslachen sollte.

Wie konnten Violet Park und mein Vater irgendetwas miteinander zu tun gehabt haben?

Soweit ich wusste, waren die einzigen Orte, an denen die beiden irgendwie in Verbindung standen, Pansys Kaminsims und mein eigenes Gehirn.

Aber da war etwas an der Art, wie Norman mich ansah, als ob er lange Zeit nicht mehr in seinem Innern gewesen wäre und hinausgeschaut hätte, als ob er zur Abwechslung mal genau wüsste, was er sagte, und mich stumm anflehte, das zur Kenntnis zu nehmen.

Also sagte ich: »Warum hat Pete Violet besucht?«

Es war Jed, der antwortete. Jed, mein verdammter fünfeinhalbjähriger Bruder, der plötzlich vielleicht Dinge wusste, die ich nicht wusste, Dinge von dem Vater, den er nie kennengelernt hatte. Er sagte: »Er hat ein Buch über sie gemacht.« Er hielt weiter Normans Hand und blickte zu ihm auf, während er es sagte.

Und dann gab es eine Pause, während wir beide Norman ansahen, und schließlich sagte Norman: »Wer? Wer hat ein Buch geschrieben?«

»Warum hast du mir das nicht vorher erzählt, Opa?«, sagte ich.

Norman zuckte mit den Achseln und fing wieder an zu gehen, und er sagte: »Vor was? Wovon redest du, Lucas?«

Und das war's.

Als wir zum Park kamen, ließ ich sie fünf Minuten allein mit dem Hund spielen und rief Bob auf meinem Handy an. Ich redete nicht lange um den heißen Brei herum, ich sagte nur: »Weißt du etwas über Violet Park?«

Bob war eine Weile totenstill, dann sagte er: »Ein wenig. Wieso?«

»Hat mein Dad sie gekannt?«, sagte ich.

Bob lachte halb und seufzte halb ins Telefon. An der Art, wie er atmete, spürte ich, dass er etwas für sich behielt. »Wer hat dir das gesagt?«

»Norman«, sagte ich, »also könnte es irgendwelches altersschwachsinniges Zeugs sein oder es stimmt vielleicht. Ich habe keine Ahnung.«

»Es stimmt«, sagte er, nachdem er eine ganze Weile stumm geblieben war. »Ja, dein Vater kannte Violet Park ziemlich gut.«

Ich legte mich in das hohe Gras, das Handy weiterhin am Ohr, und ich blickte zum Himmel (lichtgesprenkelte Wolke, ein Vogel, ein Flugzeug), und ich konzentrierte mich aufs Atmen.

Bob sagte: »Was hat Norman dir sonst noch erzählt?«

»Nicht viel«, sagte ich. »Er ist dann wieder abgetaucht.«

Bob sagte: »Willst du vorbeikommen?«, und ich nickte, denn ich hatte vergessen, dass er mich nicht sehen konnte.

»Erst muss ich mit dem Hund spazieren gehen«, sagte ich.

Ich sah den beiden eine Zeit lang zu, meinem Großvater und meinem kleinen Bruder. Ich blieb im hohen Gras und beobachtete sie aus einiger Entfernung.

Wie schon erwähnt, waren die beiden gerne zusammen, aber erst jetzt wurde mir klar, was für ein famoses Duo sie immer waren. Zum ersten Mal erhaschte ich einen Blick in ihre Welt, in der es vor Geheimnissen wimmelte. Und obwohl ich bereits gesagt habe, dass ich vermutete, Norman wisse mehr, als er sich anmerken ließ, hätte ich nie gedacht, dass ich recht hatte. Sie sahen nach schlechtem Gewissen aus, diese beiden, wie sie da direkt vor Violets Haus standen. Anders kann man es nicht nennen, wie sie aussahen. Und jetzt verstehe ich, warum sie zusammenhalten. Ich habe viel darüber nachgedacht.

Wenn er mit Jed zusammen ist, darf Norman noch der gebieterische Alte sein, der er gewesen wäre, wenn all diese kleinen Schlaganfälle nicht Jahr um Jahr an ihm genagt hätten.

Und Jed hat schließlich doch eine Nabelschnur zu seinem fremden Vater.

\* \* \*

Ich hatte keine Ahnung, wie schwer es sein würde, aus einem Mann mit Altersdemenz Informationen durch den Kopf eines fünfjährigen Jungen herauszufiltern. Normans und Jeds vereinte Sicht auf alles ist so wirr, dass das, was wirklich passierte, nur noch ein zerbeultes Wrack ist. Es ist, als wollte man einen Backstein durch ein Sieb drücken, und das zweimal.

Jed wusste wahrscheinlich, dass ich ihn in die Enge treiben und ihm eine Menge Fragen stellen würde, die er nicht beantworten wollte. Er schaffte es, mir für einige Stunden aus dem Weg zu gehen, indem er sich zu einem Freund nach Hause verzog, dann war er sehr damit beschäftigt, mit Mutter zu lesen, dann war er in ein Video vertieft, das er vielleicht schon dreizehnmal gesehen hatte und von dem ich ihn bestimmt hatte sagen hören, es sei langweilig und für Babys.

Das war mal eine Abwechslung, weil er zu Hause meist mit mir rumhängt, weshalb ich ihn fast vermisst hätte.

Schließlich jedoch gab er nach und ich konnte ihn verhören.

Ich sagte, wir würden guter Bulle, böser Bulle spielen. Er kannte schon Krimiserien aus dem Fernsehen und wusste daher, was ihn erwartete. Er hatte Plastikhandschellen angelegt und reichte mir seine Polizeimütze. Ich schnitt alles auf Band mit.

Ich: Hier spricht Inspektor Lucas Swain, es ist Montag, der 3. Oktober, 18 Uhr 04, Befragung des Verdächtigen Jeddathon der Heuler, auch genannt Black Jed. Das Band läuft. Black Jed, sag mir, was du über Norman Swain alias der verrückte Norm weißt?

Jed: Er ist mein Opa.

Ich: Zwei Meisterverbrecher in einer Familie. Was hat der verrückte Norm dir über das Geschäft verraten?

Jed: (flüsternd) Nenn ihn nicht verrückt, Lucas.

Ich: (flüsternd) Verzeihung.

Ich: Also, was hat er dir verraten?

Jed: Worüber?

Ich: Fangen wir mit seinem Sohn an, Pete Swain, dem Unsichtbaren.

Jed: Dad war nicht Opas richtiger Sohn. Hast du das gewusst?

Ich: Das hat er dir gesagt? Ich hätte nicht gedacht, dass Norman das weiß. Ich dachte, er hätte es vergessen.

Jed: Manchmal erinnert er sich daran.

Ich: Und er hat es dir gesagt. Macht es ihm was aus?

Jed: Nein. Er sagt, er sei ein guter Vater gewesen ... Er hat viel mit Dad gespielt.

Ich: Mit dir spielt er auch viel, obwohl er nicht unser richtiger Opa ist.

Jed: Doch, ist er. Hör auf, Lucas.

Ich: Willst du deinen Anwalt sprechen?

Jed: Kaufst du mir trotzdem nachher Süßigkeiten?

Ich: Ja. Weiß Norman, wo Dad jetzt ist?

Jed: Glaub nicht.

Ich: Hast du ihn je gefragt?

Jed: Nein. Könnte ich machen.

Ich: Einen Versuch wär's wert, oder?

Jed: Ich weiß nicht.

Ich: Was hat er dir über Dad erzählt?

Jed: Eine Menge.

Ich: Zum Beispiel? Sag mir fünf Sachen.

Jed: Sein zweiter Vorname war Anthony. Opa hat ihn getroffen, als Dad sechs war, fast so alt wie ich, und sie gingen auf eine Kirmes, und Opa hat für ihn einen Goldfisch gewonnen, der gestorben ist. Seine Leibspeise waren heiße Kastanien. Er brachte ihm bei, wie man fischt und Fahrrad fährt, und das will er bei mir auch machen. Sind das fünf?

Ich: Nein, das sind vier. Noch eine.

Jed: Er hatte eine Menge Freundinnen, aber warum, soll ich erst erfahren, wenn ich älter bin.

Ich: Hat er dir irgendwelche Geheimnisse von Dad verraten, die du niemandem verraten sollst?

Jed: Meinst du zum Beispiel, dass er Opa gesagt hat, dass er geht, bevor er ging?

Ich: Tatsächlich? Mein Gott!

Jed: Nein. Ich weiß nicht. Vielleicht.

Ich: Mein Gott, Jed!

Jed: Ist das Fluchen?

Ich: Was?

Jed: Ist Mist fluchen?

Ich: Nicht so richtig.

Jed: Mum sagt es aber. Und Wichser.

Ich: Was ist ein Wichser?

Jed: Mum nennt andere Leute so, wenn sie Auto fährt.

Ich: Okay. Jed, können wir wieder von Dad reden? Das ist wirklich wichtig.

Jed: Opa sagte, Dad war ein Wichser.

Ich: Tatsächlich? Warum?

Jed: Manchmal denkt er, ich sei Dad. Er nennt mich Peter. Manchmal erinnert er sich, dass Dad nicht mehr da ist. Manchmal denkt er, du wärst Dad.

Ich: Ja, ich weiß.

Jed: Letztens im Park, da dachte er, du wärst Dad gewesen, und er hat dich einen Wichser genannt. Kannst du mir die abnehmen? Ich muss aufs Klo.

Ich: Warum hat Opa mich so genannt?

Jed: Das hab ich dir gesagt, weil er dachte, du wärst Dad.

Ich: Nein, ich weiß, ich mein, warum hat er Vater so genannt?

Jed: Das hab ich ihn gefragt. Er sagte, such dir einen Grund. Ist es das, was Dad gemacht hat, wenn er arbeitete?

Ich: Was?

Jed: Den ganzen Tag Leuten nachlaufen und viele Fragen stellen?

Ich: Ich weiß nicht, vielleicht.

Jed: Es ist langweilig. Geh und frag Mercy was.

Ich: Mercy ist nicht da.

Jed: Geh und frag Opa.

Ich: Das werde ich auch.

Jed: Er mag Kassettenrekorder.


*(Befragung unterbrochen 18 Uhr 12.)*

# Sechzehn

Mir kommt es vor, als hätten die meisten Leute, wenn sie erwachsen werden, nichts Besseres zu tun, als sich etwas Unmögliches in den Kopf zu setzen und sich danach zu sehnen.

Ich mach das mit Vater – und Violet.

Mutter macht es mit dem, was aus ihr vielleicht werden würde, wenn sie ihr Leben noch einmal leben könnte.

Bob macht es mit Mutter, sagt jedenfalls Mercy.

Ed macht es damit, dass er seine Mutter loswerden und ein Mädchen ins Bett kriegen will.

Mercy machte es mit Kurt Cobain und Brustimplantaten und bewusstseinsverändernden Drogen.

Pansy macht es mit ihrem Lexikonvertreter und ihrem Sohn und mit irgendeiner vorsenilen Version von Norman.

Norman macht es mit seiner Vergangenheit, die er nicht richtig festhalten kann.

Violet macht es über ihr Frischhaltedatum hinaus mit etwas, das ich noch nicht herausgefunden habe.

Der einzige Mensch, der es nicht tut, ist Jed.

Er lebt nur in der Gegenwart. Ich glaube nicht, dass er sonderlich gut ist, wenn es um vergangene oder künftige Dinge geht. Sogar heute und morgen und gestern bringen ihn ein wenig durcheinander. Jed sagt gestern, wenn er vor einem halben Jahr meint, und morgen, wenn er nicht jetzt meint. Und wenn man mit Jed irgendwohin geht, vergisst er sofort, dass man von A nach B unterwegs ist. Er verbringt eine Ewigkeit damit, Schnecken anzugucken und Kiesel zu sammeln und stehen zu bleiben, um Schilder am Weg zu lesen.

Jed hat keine Ahnung von der Zeit, und das heißt, Jed ist nie mehr als etwa fünf Minuten wegen irgendetwas traurig oder wütend. Er kann einfach nicht länger bei einem Thema bleiben. Für ihn können fünf Minuten ebenso gut ein ganzes Jahr sein.

Und alle anderen in meiner Familie sind so damit beschäftigt, wegen irgendwelcher unmöglicher Dinge die ganze Zeit schlecht gelaunt und niedergeschlagen zu sein, dass die schlechte Laune und die Niedergeschlagenheit inzwischen normal und seltsam tröstlich geworden sind.

Die Frage ist, wie würde es uns in Wahrheit gefallen, wenn Vater morgen auftauchen und wieder zu unserer Familie gehören würde?

Würde es nicht jedem ein bisschen auf den Keks gehen?

Es wäre, als hätten wir einen Fremden im Haus, einen neuen Untermieter.

Es wäre wirklich seltsam.

An irgendeinem Punkt muss sich das unerreichbare Ziel der Sehnsucht von niemandem bemerkt in das verwandeln, was man am allerletzten verwirklicht sehen will.

\* \* \*

Am Tag, als Pansy aus dem Krankenhaus kam, wartete ich bei Norman darauf, dass meine Mutter sie nach Hause brachte. Er saß am Küchentisch und faltete ein Blatt Papier und faltete es dann wieder auseinander, während ich ein wenig abwusch und den Müll rausbrachte (überwiegend Schokopapier). Ich hatte das Gefühl, wenn ich Norman etwas fragen und eine klare Antwort haben wollte, dann war dies der richtige Zeitpunkt. Ich glaube, er freute sich darauf, dass er bald nicht mehr auf sich selbst aufpassen musste, und wollte wohl einfach in seinem Sessel wegdösen und mit dem Hund umherzockeln wie früher, in der Gewissheit, dass wenigstens Pansy wusste, wer er war.

Ich hustete erst einmal, um die Stille zu durchbrechen.

»Hast du Violet Park kennengelernt, Opa?«

Er blickte mich eine Sekunde an, als hätte er meine Anwesenheit gar nicht bemerkt, und ich dachte, nein, es ist zu spät, er hat wieder alles vergessen. Dann sagte er: »Nein. Es war dein Vater, der kannte sie, aber ob es ihm gutgetan hat, ist eine andere Frage.«

»Warum sagst du so etwas?«

»Das war eine, die hat Männer verschlungen«, sagte Norman. Mir ging ein Bild durch den Kopf, wie Violet meinen Vater mit Haut und Haaren hinunterschluckte. Dahin also war er verschwunden. »Tatsächlich?«

»Männer von anderen Frauen zum Frühstück, Mittagessen und Abendessen«, sagte er.

»Aber nicht Dad«, sagte ich.

Norman zuckte mit den Achseln. »Waren zwei wie Pech und Schwefel, am Ende.«

»Was meinst du mit Ende?«, sagte ich, aber Norman antwortete nicht.

»Hat Dad dir gesagt, dass er geht?«, fragte ich.

Norman sah mich scharf an und sagte: »Glaubst du, ich würde mich nicht an so etwas erinnern?«

»Ich weiß nicht, Opa«, sagte ich, und das war eine Lüge.

»Denkst du, ich würde alle im Unklaren lassen und ihnen

nicht Bescheid geben, wenn ich es wüsste?«, sagte er, und ich schüttelte den Kopf und sagte »Nein«, aber ich musste ihn nur ansehen, um zu wissen, dass er sich nicht erinnern konnte.

Und ich hatte Mitleid mit Norman, wirklich. Es war für uns beide nicht das Gleiche. Wir wussten nicht, wo mein Vater war, Punkt, so einfach war das. Aber Norman musste sich immer fragen, ob er es doch wusste. Stell dir vor, du weißt das, was du am dringendsten wissen musst und was deine ganze Familie am dringendsten wissen muss, und du kommst nicht drauf, du kannst dich nur fragen, ob du es weißt oder nicht.

Mutter kam mit Pansy und sagte, sie könne nicht bleiben, warum auch immer. Sie fuhr ziemlich schnell wieder los, als ob sie es besonders eilig hätte wegzukommen. Pansy war geschrumpft und zerbrechlich wie eine Puppe. Der Gedanke machte mir ein wenig Angst, dass sie ziemlich bald in einem Topf stecken würde, wie Violet. Norman und ich schwirrten und wuselten um sie herum, bis sie uns verscheuchte. Ich ging in die Küche, um den Tee zu machen, und als ich zurückkam, saßen sie schweigend da und hielten sich über der Lücke zwischen ihren Lehnstühlen die Hände.

Pansys Hände sahen wie Vogelklauen aus. Die Haut spannte sich über den Knochen, und ihre Adern waren ganz knotig und dunkelblau. Ihre Fingernägel mussten geschnitten werden. Sie sah aus, als wäre sie aus Papier.

Es fiel ihr nicht einmal auf, dass Violet nicht mehr da war. Sie saß da und starrte auf Vaters Foto auf dem Kaminsims und sah nicht, dass daneben etwas fehlte.

»Ich hätte nie gedacht, dass ich sterbe, bevor er zurückkommt«, sagte sie zu niemand Bestimmtem, und niemand Bestimmter antwortete, denn was konnten wir schon sagen?

»Ich bin so enttäuscht von ihm, Lucas«, sagte Pansy zu mir, und Tränen liefen ihr übers Gesicht, vollkommene Tautropfen, die ihre Runzeln vergrößerten.

Ich hatte sie fünf Jahre lang kein Wort gegen Vater sagen hören. Darin hatte ich mich auf Pansy verlassen.

»Ich auch«, sagte ich.

Dieser Wandel bei Pansy, von dem wurde mir ganz kalt. Es war, als ob jemand sie gebrochen hätte. Sie war kaum zwei Wochen fort gewesen und war geschlagen zurückgekommen.

Dann fing Pansy an, über Beerdigungen zu reden. Sie wisse, dass sie uns bald verlassen würde, und sie wolle ein Wörtchen mitreden bei ihrem letzten Gang, denn obwohl Vater höchstwahrscheinlich nicht dabei sein werde, hätte sie dann noch etwas, auf das sie sich freuen könne. Ich versprach ihr, mich darum zu kümmern, sogar wenn sie eine Pferdekutsche haben wollte und eine vier Meter große Putte als Grabstein. Aber Pansy will eine leise, schlichte Beerdigung. Sie will mit Haut und Haaren begraben werden (nicht verbrannt), in dem Dorf in Wales, in dem sie aufwuchs. Ihre Mutter ist dort begraben, und auch der Name ihres Vaters ist auf dem Grabstein, aber sie sagt, sein Körper sei damit beschäftigt, sich in Kohle zu verwandeln, in der Mine, in der er umkam. Sie sagt, sie will dort auch einen Platz für Norman haben, neben ihrem, weil sie sich nur Sorgen macht, wenn sie ihn nicht sieht.

Martha sagt, sie möchte ein Wikingerbegräbnis. Das heißt, sie will in ein ölgetränktes Tuch eingewickelt und in einem langen Boot auf das Meer hinausgeschoben werden. Dann soll ein brennender Pfeil auf ihren Körper abgeschossen werden, der in Flammen aufgeht und zu Asche verbrennt, ehe sie vom Wasser verschluckt wird.

Ich hoffe, dass ich nicht dabei bin.

Marthas Vater ist Anthropologe; das heißt, er beobachtet, wie sich die Menschen in verschiedenen Gruppen und Kulturen verhalten, und er weiß viel über Begräbnisse und sagt, sie sind auf der ganzen Welt unterschiedlich. Anscheinend gibt es endlos viele Möglichkeiten, sich von jemandem zu verabschieden. In Bali (glaube ich) hängt die Leiche eine Zeit lang über dem Boden und verwest, und dann wird sie mit Blumen bedeckt und mit Fackeln angezündet. Wenn das Feuer erloschen ist, müssen die Verwandten nach Knochen scharren und sie in den Ozean werfen. Das ist sehr praktisch. Und irgendwo, vielleicht in einem Teil von China, wird der Tote lange nach dem Begräbnis, wenn alle schon nicht mehr leiden und trauern, einfach wieder ausgegraben, und man macht ein Fest mit den Knochen, um zu zeigen, dass alles gut ist und man drüber hinweg ist und so. Gut, dass sie dort keine bleiverstärkten Särge haben. Martha sagt, wenn du in einem bleiverstärkten Sarg begraben wirst, kommt keine Luft rein und du kannst nicht aussickern, also verwandelst du dich in Suppe.

Marthas Mutter möchte auf die eine oder andere Weise auf dem Ganges in Indien verstreut werden, aber wahrscheinlich wird sie sich mit dem New Forest zufriedengeben. Sie sagt: »Im Gegensatz zu uns im Westen, die wir den Tod unter den Teppich kehren, haben die Hindus eine sehr gesunde Einstellung zum Sterben, weil sie es schon mal getan haben und es wieder tun werden.« Ich schätze, mit der Wiedergeburt ist Sterben keine große Sache, solange du dich anständig benommen hast und nicht als Blaumeise oder Mistkäfer zurückkommst.

Marthas Eltern heißen Wendy und Oliver. Ich lernte sie kennen, als ich am Sonntag zu ihnen zum Mittagessen ging. Am

Anfang war ich nervös, weil ich vorher noch nie bei jemandem sonntags zum Mittagessen gewesen war. Wahrscheinlich habe ich zu viel geredet, und das kann nicht so interessant gewesen sein, wo ich doch so viel weniger Ahnung von allem habe als sie, aber sie waren fest entschlossen, mich nett zu finden. Als wir schon halb mit dem Nachtisch fertig waren, fiel mir auf, dass ich mich hier ziemlich daheim fühlte.

Martha hatte recht mit ihrer Mutter. Sie brachte mich so sehr zum Lachen, dass mir das Bier fast zur Nase rausspritzte. Und ich wäre nie darauf gekommen, dass sie eine Perücke trug. Das hätte ich mir nie träumen lassen.

# Siebzehn

Ich schleppte meinen alten Kassettenrekorder zu Bob und wir
setzten uns und lauschten dem Spiel guter Bulle, böser Bulle.
Es brachte ihn zum Lachen und er sagte, Jed sei sehr frühreif
und würde seine Rolle als Orakel genießen, was auch immer
das heißen soll; es hat wohl etwas damit zu tun, dass die Götter
durch ihn sprechen sollen, in diesem Fall Norman.

Mir war klar, dass Bob ausloten wollte, wie viel ich wusste und
wie viel er mir sagen sollte. Offensichtlich war er auf der Hut
und ziemlich verschlossen. Das hatte ich von ihm nicht erwartet, also fing ich an, mich genauso zu verhalten.

Und es gab etwas, das ich wusste und Bob nicht wusste.

Violet lag in diesem Moment tot in einer Plastiktüte im Innern
eines Rucksacks drei Meter von dem Platz entfernt, wo wir
saßen.

Aus irgendeinem Grund hatte ich deshalb das Gefühl, als hätte
ich vier Asse in der Hand.

Ich fragte Bob, ob er Violet je getroffen habe und wie oft und
was für ein Mensch sie war.

Er sagte, Vater und er hätten Violet zunächst gemeinsam
getroffen, als sie zu ihr gingen, um sie für einen Artikel über
Filmmusik zu interviewen. Das war noch ziemlich früh, in
ihrer Anfangszeit, als sie jede Arbeit annahmen, die sie kriegen
konnten, und Bob begleitete Vater, um die Fotos zu machen.

Er sagte, sie hätten Violet die Technicolor-Dame genannt, weil sie flammend rote Haare hatte und hellrosa und grüne und violette Sachen trug. Sie seien beide verkatert gewesen und hätten so lange wie möglich die Sonnenbrillen aufbehalten, weil ihnen bei ihrem Anblick die Augen wehtaten.

Violet hätte ihnen um elf Uhr morgens Brandy Alexanders gemacht und ihnen haarsträubende Geschichten über die Reichen und Berühmten erzählt.

Sie waren zu betrunken, um mit dem Artikel richtig voranzukommen.

Also mussten sie noch einmal zurückkehren.

Und beim zweiten Mal waren sie viel ernsthafter und tranken nur zwei oder drei Cocktails und schrieben alles auf und arbeiteten auch mit der Kamera. Und dann, als sie an der Haustür waren und gehen wollten, sah sie meinen Vater an – eindeutig meinen Vater, wie Bob beteuert – und sagte: »Welcher der jungen Herren würde mir den Gefallen tun, mich diesen Freitag zum Abendessen auszuführen?«

Und Vater lachte und sagte: »Ich.«

Ich fragte Bob, ob er noch irgendwelche Fotos von diesem Auftrag finden könne, und er sah mich ratlos an und murmelte dann etwas in der Art, er wisse nicht genau, ob er sie noch habe, aber offenbar wollte er mir deutlich machen, dass er sich mit der Suche Mühe gab. Er fing an, Schubladen zu öffnen und in Schachteln herumzukramen, während wir uns unterhielten, was es einfacher machte, Fragen zu stellen, weil er mich nicht die ganze Zeit unverwandt anstarrte.

Also sagte ich: »Ist mein Vater wirklich mit Violet ausgegangen, hatte er eine Verabredung mit ihr, wie ein Junge mit seiner Freundin?«, und Bob sagte: »Schöner wär's gewesen.«

Ich sagte: »Was soll das heißen?«, und Bob erklärte mir, dass mein Vater sich Violet über Jahre hinweg warmgehalten hatte, ihr immer gerade genug Hoffnung machte, damit sie ihm Geld gab oder ihm einen Anzug kaufte oder ihn zum Essen einlud oder irgendwas, nie habe er Nein gesagt, sich aber auch nie wirklich auf sie eingelassen.

Bob sagte: »Dein Vater konnte zu einer Frau ›Ich liebe dich‹ sagen, ohne auch nur mit der Wimper zu zucken, ob er es ernst meinte oder nicht. Meistens tat er es nicht. Er sagte, das sei die Methode, aus den Mädels alles rauszuholen, was man wolle, ohne weitere Kosten.«

Und Bob sagte, angesichts der Erfolgsrate meines Vaters beim anderen Geschlecht würde diese Theorie funktionieren.

Mein Vater der Hengst. Ich war irgendwie beeindruckt und entsetzt zugleich.

»Aber wie kam es dann, dass er Mum heiratete?«, sagte ich. »Wo er doch Violet hatte, die ihm alles bezahlte, und all diese Mädchen in der Hinterhand?«

»Deine Mutter war eine Klasse für sich«, sagte Bob. »Sie war schön und witzig und geistreich, und sie hatte überhaupt kein Interesse an deinem Vater.« Und er warf mir ein Foto von Mutter hin, das vielleicht zwanzig Jahre alt war. Es war komisch, sie so zu sehen, sie war es und sie war es doch wieder nicht, derselbe Mensch, aber nicht der, den ich kannte. Ich musste zugeben, sie war ein heißer Feger.

»Sie mochte ihn nicht mal«, sagte ich.

»Zu Anfang nicht, aber er hat sich bei ihr richtig Mühe gegeben. Er hat deine Mutter geliebt, musst du wissen.«

»Ach ja? Verstehe.«

Dazu sagte Bob nichts.

Ich sagte: »Also hat Dad Mum geheiratet, und dann hat er sich nicht mehr mit Violet getroffen, und dann ist er verschwunden und sie ist gestorben, und das war's?«

Bob schüttelte den Kopf. Er sagte: »Sie sahen sich jahrelang nicht, dann hat offenbar Violet den Kontakt wieder aufgenommen und deinen Dad gebeten, ihr zu helfen, ihre Lebensgeschichte zu schreiben.«

»Ihr zu helfen?«, sagte ich.

»Tja, so was nennt man einen Ghostwriter.«

»Das hat er ziemlich wörtlich genommen, oder?«, sagte ich, und wir beide lachten ein wenig gezwungen.

»Jedenfalls war er noch nicht weit damit gekommen, als Violet starb«, sagte Bob, und dann nahm er diesen alten Kontaktabzug in die Hand und stand da und starrte ihn an.

Ich fragte, ob er die Fotos gefunden hätte, und er gab sie mir; kleine Schwarz-Weiß-Fotos, vierundzwanzig Stück in drei Reihen von je acht. Kleine Violets und kleine Petes, posierend und grinsend und mit Sonnenbrille auf. Mein Vater trug ein Hemd, das ich noch daheim in meinem Schrank habe. Er hatte dunkelbraunes strubbeliges Haar wie ich. Er sah jung aus und glücklich. Ich war überrascht, wie stark er mir ähnelte. Und dann ging es mir auf.

Vielleicht hielt Violet mich für meinen Vater.

War das der Grund, warum ich sie in dem Taxibüro bemerkt hatte und weshalb sie mir mit ihren toten Armen zuwinkte, damit ich auf sie aufmerksam wurde?

Dachte sie, ich sei Pete?

Das wollte ich nicht. Ich wollte, dass sie mich für mich selbst hielt.

# Achtzehn

Ich war nicht in Stimmung für Mercy, als ich nach Hause kam. Sie hielt mich im Flur auf, ganz geschäftsmäßig und angriffslustig, und machte einen auf Boss.

Sie sagte, sie wolle ein ernstes Gespräch mit mir über Mum führen.

Mercys ernste Gespräche bedeuten meist, dass sie endlich etwas spitzgekriegt hat, das uns anderen schon seit Monaten klar ist. Sie finden meist in ihrem Zimmer statt, dauern etwa zwei Minuten und sind total beschissen.

Mit hängenden Schultern folgte ich ihr, trampelte lustlos die Treppe hinauf, und sie schloss die Tür hinter mir.

»Wir müssen etwas wegen Mum unternehmen«, sagte sie.

»Zum Beispiel?«, sagte ich und tat so, als ob es mich nicht kümmerte.

»Sie ist depressiv, Lucas, ist dir das noch nicht aufgefallen?«

Bisher habe ich nicht viel über Mercy gesagt. Nichts Gutes jedenfalls. Die Wahrheit ist, so sind wir irgendwie auch im richtigen Leben. Wir sehen uns kaum, vielleicht beim Frühstück an Schultagen (nur dass sie kaum etwas isst und immer nach oben verschwindet, um sich zu schminken) oder auf der Treppe oder nachts, wenn sie nach Hause kommt und ich noch wach bin. Wir haben keine Zeit für mehr als je vier Wörter und die sind meist sarkastisch.

Also, wie auch immer, dieses fremde Wesen, das meine Schwester ist, stand zwischen mir und dem Ausgang, hatte die Hände in die Hüften gestemmt und heizte sich offensichtlich für einen Streit auf. Sie sagte es noch einmal, aber mit mehr Empörung.

»Ist dir nicht aufgefallen, dass Mum depressiv ist?«

Ich wollte alles Mögliche sagen. Ich wollte sagen, dass ich es verdammt noch mal natürlich bemerkt hatte, und es könne damit zu tun haben, dass ihr Mann sie mit zwei Teenagern und einem Baby allein gelassen hatte und dass sie keine Zeit für sich hatte und kein geselliges Leben hatte und sich ständig wünsche, sie hätte andere Entscheidungen getroffen und nie Kinder bekommen. Ich hätte sagen können, dass ich Mums Probleme aus erster Hand kannte, weil ich ihr Tagebuch stahl und darin las, aber ich sagte nichts davon.

Ich sagte: »Nein.«

Ich weiß nicht genau, warum. Vielleicht wollte ich mich ebenfalls streiten.

Mercy warf die Arme in die Luft und schrie mich an.

»Du bist so was von egoistisch und neben der Spur! Muss ich mich denn in dieser blöden Familie immer um alle kümmern!«

Ich sagte, mir sei nicht aufgefallen, dass sie sich um irgendjemand außer sich selbst kümmere, was stimmte, aber in diesem Moment schlecht ankam. Ich dachte schon, sie würde mir eine reinhauen.

»Wann wirst du endlich aufwachen, Lucas?«

»Gegen elf«, sagte ich. Mir machte es Spaß. Ich war bockig.

»Sie hat diesen fürchterlichen Freund, sie nimmt zu, sie trinkt zu viel und sie heult im Badezimmer, wenn sie glaubt, dass wir fernsehen«, sagte Mercy. »Ich lass dich nicht aus diesem Zimmer, bis wir wissen, was wir unternehmen wollen.«

»Warum bietest du nicht an, auf Jed aufzupassen, oder gehst zur Abwechslung mal Pansy besuchen oder läufst mit Norm und dem Hund spazieren oder erledigst die Einkäufe?«, sagte ich ihr auf eine Weise, die ihr deutlich zu verstehen gab, dass in Wahrheit ich all dies tat.

»Es geht nicht nur darum«, sagte sie.

»Also, dann schauen wir mal«, sagte ich, und inzwischen hatte mich das alles ziemlich wütend gemacht, sonst hätte ich es nicht gesagt. »Wir könnten eine Zeitreise machen und ihr sagen, sie solle nicht mit Dad bumsen, den sie nicht einmal gernhatte, oder nicht mit dir schwanger werden, weshalb er sie heiraten musste, ja überhaupt sich nicht darum scheren, irgendjemand von uns zur Welt zu bringen, und was sonst noch?«

Mercy versuchte zu Wort zu kommen, aber ich war völlig aufgedreht und machte weiter.

»Oh! Wir könnten einfach mal Dad für sie finden, wo zur Hölle er auch stecken mag, und dann könnte sie sich von ihm scheiden lassen und diesen andern Arsch heiraten, diesen Kunstlehrer, und so tun, als würde sie ihr Leben weiterleben! Wär dir das recht?«

Dann drängte ich mich an Mercy vorbei und öffnete die Tür, und da stand Mutter direkt vor mir im Flur und lauschte.

Einen Moment lang dachte ich, sie würde eine Show abziehen und so tun, als wäre nichts passiert, worauf mir ein Stein vom Herzen gefallen wäre, aber sie sagte: »Ich lebe doch mein Leben weiter, oder? Wer behauptet, dass es anders ist?«

Ich sagte: »Mercy«, und Mercy sagte im gleichen Moment: »Lucas«, worauf wir ziemlich dumm und schuldbewusst dreinsahen.

»Und – was schlagt ihr vor?«, sagte sie, kam herein und setzte sich auf Mercys Bett. Sie war am Köcheln. Es schien, als wollte sie uns absichtlich in Verlegenheit bringen.

Sie sagte: »Kommt schon! Wenn ihr über Leute redet, die nicht da sind, müsst ihr auch den Mumm haben, es ihnen ins Gesicht zu sagen.«

Ich blickte hinüber zu Mercy, die niemanden ansah und eindeutig nicht als Erste den Mund aufmachen würde, und sagte: »Du solltest öfter ausgehen.« Das war lahm.

Mutter lächelte so richtig unfreundlich.

Dann sagte ich: »Du könntest wieder aufs College gehen und einen Abschluss machen. Du bist klug«, was herablassend klang, aber nicht so gemeint war.

Mutter nickte.

»Du könntest alleine in Urlaub fahren.«

»Toll«, sagte Mutter, was das Gegenteil heißen sollte.

»Wir könnten wegziehen«, sagte Mercy.

»Du solltest die Ehe annullieren lassen und wie heißt er noch mal heiraten«, sagte ich.

»Den Arsch?«, sagte Mutter.

»Du könntest die Wohnung renovieren«, sagte Mercy. »Du könntest ausmisten und Vaters Sachen auf den Müll bringen. Du könntest das Haus vermieten. Oder es verkaufen.«

Mutter hielt die Hand hoch, um uns zum Schweigen zu bringen. Sie lachte uns aus, auf eine Art, die mich wirklich traurig machte.

»Ihr zwei, glaubt ihr denn, ich hätte nicht an all das gedacht, obwohl Zeitreisen immer noch nicht möglich sind?« Sie funkelte mich wütend an, während sie es sagte.

Wir zuckten die Achseln, gleichzeitig, wie Clowns.

»Und wisst ihr, warum ich nichts getan habe?«

Ich sagte Nein, aber Mercy hielt den Mund und die beiden sahen mich an. Plötzlich wurde mir klar, was kommen würde.

»Lucas«, sagte Mutter, vollkommen ruhig. »Weißt du, warum ich nicht weggezogen bin oder mich nicht wieder verheiratet habe oder nicht in Urlaub gefahren bin? Warum ich nicht mal ein Paar Schuhe oder eine Postkarte weggeworfen habe, die deinem Vater gehörten?«

In diesem Augenblick wollte ich vom Erdboden verschluckt werden. Ich wusste nicht, was ich ihr sagen sollte. Hatten sie schon mal darüber gesprochen, als ich nicht dabei war? Mercy atmete freier, sie war aus dem Schneider, und alles wandte sich nun gegen mich.

»Schau dich doch mal selber an«, sagte Mutter mit verhaltener Wut. »Hol den Balken aus deinem Auge, bevor du dich in irgendwelchen Schlafzimmern verschwörerisch über den Splitter in meinem auslässt und mich belehrst, dass ich verdammt noch mal mein Leben weiterleben solle. Glaubst du, ich hätte mich das getraut?«

Sie wollte wahrscheinlich eine Antwort von mir, aber ich zuckte die Achseln.

»Du bist ein Eiferer, Lucas«, sagte sie. »Du bist ein wandelnder Schrein für deinen Vater.«

Ich sagte nichts. Mercy starrte mich an. Ich fragte mich, ob das jetzt so lief, wie sie es geplant hatte.

Ich holte Bobs altes Foto von Mutter aus meiner Tasche und drückte es ihr in die Hand. Ich wollte, dass sie es sah und sich erinnerte, wie jung und glücklich und umwerfend sie war, als sie willentlich die Entscheidung traf, Vater zu heiraten und uns zu kriegen.

Sie betrachtete es, und dann küsste sie mich auf die Wange und sagte: »Du und ich, wir misten morgen mal aus und bringen dieses Zeug auf den Müll. Keine Widerrede.«

Ich hatte ein schlechtes Gefühl, weil sie uns dermaßen über sie hatte streiten hören. Ich schämte mich. Ich wollte die Zeit etwa fünf Minuten zurückdrehen und sie mit anhören lassen, wie ich nur Gutes über sie sagte, denn es passiert ja nie, dass jemand zufällig mithört, dass etwas Gutes über ihn gesagt wird. Immer stolpert man darüber, wie über einen hergezogen wird, und wenn die eigenen Kinder über einen herziehen, muss das wehtun.

Und es nagte auch eine ganze Weile an mir, was Mutter zu mir gesagt hatte, das mit dem Eiferer, dem wandelnden Schrein. Aber es war nun einmal so, dass ich ihr deswegen keinen Vorwurf machen konnte. Sie hatte recht.

Und was, wenn ich damals gesagt hätte, ich würde Dad allmählich als den sehen, der er sei? Es hätte sie nicht glücklich gemacht. Ich schätze, es hätte ihr das Herz gebrochen.

Ich war der Letzte, der Ausschau nach ihm hielt, das ist der Punkt. Ohne mich hätte er keinen von uns mehr übrig.

Einer musste es tun.

Wenn eine Familie zerfällt, baut sie sich um das, was fehlt, wieder herum. Als Vater wegging, war das, was uns verband, eben sein Fehlen, die Tatsache, dass wir ihn vermissten und über ihn nachdachten und auf der Straße nach seinem Gesicht suchten. Auf seltsame Art war das Loch, das er hinterlassen hatte, der Kitt.

Es war das, was uns einander nahebrachte, was uns verschieden machte und uns das Gefühl gab, da gemeinsam drinzustecken, schätze ich.

Wir mussten einer nach dem anderen damit fertig werden. Wir konnten es nicht alle zusammen, denn hätten wir es getan, wäre vielleicht alles ins Wanken gekommen.

Jemand musste der Letzte sein, der aufgab.

Jeder von uns hätte es sein können.

Aber ich war es.

# Neunzehn

Wenn ich den Streit mit Mercy und Mutter nicht gehabt hätte –
Wenn Mutter nicht beschlossen hätte, mich damit zu konfrontieren, dass es vor allem meine Schuld sei, dass anscheinend
niemand sein Leben weiterlebte, seit Vater verschwunden war –
Wenn ich nicht harsch am Kragen gepackt und gezwungen worden wäre mitzuhelfen, alle seine Spuren im Haus zu löschen –
Wenn ich nicht auf dem Dachboden herumgekrochen wäre,
grauen Staub eingeatmet und mir Spleiße eingefangen hätte und nicht genötigt worden wäre, einen wertvollen Karton
nach dem anderen mit Vaters Büchern und Akten und Papieren
meiner verbiesterten, hartherzigen Mutter unten an der Leiter
zu reichen – dann hätte ich nie den Karton mit der Aufschrift
VIOLET PARK gefunden.

Ich mache keine Witze. Ich versuchte aufzustehen, ganz schnell,
ohne nachzudenken, und schlug mit dem Kopf gegen einen
Dachbalken. Ich hätte beinahe ein Loch in die Decke getreten.
Mutter sagte andauernd: »Was ist denn? Was ist denn?«, aber
ich konnte es ihr unmöglich erklären.

Ich schrie die Leiter hinunter, ich hätte mir einen Spleiß eingefangen oder etwas in der Art, und ich muss geflucht haben,
weil sie sagte: »Lucas! Jed hat knallrote Ohren«, also sagte ich:
»Tut mir leid, dass ich ein Wichser bin«, und Jed gluckste und
Mutter schnaubte vor Lachen.

Ich schüttelte den Karton und etwas rutschte hin und her und klapperte wie Plastik, aber meine Mutter hörte es nicht, weil sie sich einen Ast lachte.

Der Karton war eine alte Schuhschachtel, und er war mit Tesa zugeklebt. Meine Hände zitterten, als ich versuchte, es mit meinen zu kurzen Fingernägeln aufzuzupfen, das Band war alt und fasrig und hauchdünn und klebte wirklich fest, und ich schwitzte, und der Staub und der Schweiß liefen mir über die Stirn in meine Augen, und ich fluchte ganz leise und verhalten in mich hinein.

An dem Klebeband blieb einiges von der Schachtel hängen, als es abging.

Ich hob den Deckel an und fand eine Kassette. Das war alles. Ein kleines Tonband in einer Plastikhülle, mit I beschriftet.

Ich steckte es in meine Tasche.

Ich schob die Schachtel in eine Ecke unter einen schrecklichen alten Teppich.

Dann reichte ich Mutter noch viel mehr wertvollen Müll hinunter, den loszuwerden wir verpflichtet waren oder auch nicht.

Als wir dann Vaters ganze Sachen auf einem Haufen hatten, saßen wir für eine Weile einfach da und starrten ihn an. Jed nahm sich eine Kiste mit Fotos vor, blätterte sie eigentlich nur durch und sah kaum hin, aber er wollte einfach irgendwie dabei sein. Mercy war weggegangen, sie meinte, sie würde wetten, dass es Tränen geben würde und Geschrei, und darauf hätte sie keine Lust. Ich hätte gedacht, Tränen und Geschrei seien ihre besten Fächer, sagte ich zu ihr, und sie zeigte mir den Stinkefinger, ehe sie die Haustür zuschlug.

Allein schon der Anblick machte mich fertig.

Es waren nicht nur Papiere in den Kartons vom Dachboden.

Es waren Klamotten drin und Platten und Manschettenknöpfe und Schmuck und Bürsten und Sonnenbrillen und eine Gitarre und ein Aschenbecher, den ich aus Tonerde gemacht hatte, als ich um die sieben war.

Ich betrachtete die Sachen und dachte: *Das ist alles, was von ihm übrig ist.*

Dann stellte ich mir vor, wie er irgendwo anders war, mit neuen Platten und Klamotten und Fotos und Kindern, die Aschenbecher machten, und ich dachte, er ist immer noch derselbe Nichtsnutz von einem Mann, da kann er noch so viel Zeugs eingekauft haben, der Schweinehund.

Vielleicht habe ich mich gestählt, so könnte man es bezeichnen.

Ich sagte, wir sollten die Platten Bob schenken, und Mutter schaute zweifelnd und fragte, ob er sie überhaupt würde haben wollen, und ich sagte, es komme gar nicht infrage, dass eine solche Sammlung auf dem Müll lande, also sagte sie okay, aber es müsse heute noch passieren.

Mutter sagte, es dürfe nicht zu lange dauern. Sie wollte einfach das Auto vollpacken und die Sachen loswerden, aber ich musste aufpassen und mir alles genau merken, was rausging. Jedes Mal wenn ich einen Grund nannte, weshalb wir etwas behalten sollten, wurde sie ein wenig fuchsiger.

Ich fand eine Kamera.

Ich fand einen schwarzen Füller mit einer goldenen Feder und einem Perlmuttgriff.

Ich fand den kleinen Kassettenrekorder, den ich brauchte, um das kleine Band von Violet Park abzuspielen.

Ich durfte noch ein paar von seinen Klamotten behalten (zwei Anzüge, fünf Hemden, ein Paar Stiefel und einen Fischerpulli).

Ich fand seine Uhr in einer Jackentasche. Ich nahm sie heraus und rieb ihr Glas mit dem Daumen, und ich war verblüfft, sie zu sehen, weil Vater sie praktisch nie abgelegt hatte, und immer wenn ich überlegte, wo er sein könnte, stellte ich ihn mir mit der Uhr am Arm vor. Mich schauderte dabei. Ohne diese Uhr wäre er aus freien Stücken nirgends hingegangen, dachte ich plötzlich: *Dad ist tot. Er hat uns nicht verlassen, und wir ziehen seinen guten Namen in den Dreck und schmeißen seine Sachen raus.* Ich zog die Uhr auf und legte sie an und streifte den Ärmel über sie. Ich sagte es nicht einmal meiner Mutter, weil ich ihr Gesicht nicht sehen wollte, wenn sie das Gleiche dachte wie ich.

Ich sagte: »Das wird uns Pansy nie verzeihen.«

Sie blickte nicht mal auf.

Ich weiß jetzt, dass meine Mutter es nicht so gemeint hat, dieses ganze Theater von wegen steinernes Herz und bringen wir es hinter uns. Ich glaube, sie musste sich entscheiden, entweder für Nägel mit Köpfen oder für Wackelpudding. Wackelpudding ist nicht angesagt, wenn du zusammen mit deinem Wrack von Sohnemann den Müll deines verschwundenen Liebsten ausmistest.

Und vielleicht hätte ich ihr dafür danken sollen, aber ich dachte andauernd, es gebe eine dritte Möglichkeit, über die sie nicht nachgedacht hatte – lassen wir's bleiben, hätte sie sagen können, wir beide ersparen uns das und räumen alles wieder zurück und vergessen das Ganze. Lassen wir die Hoffnung nicht fahren, hätte sie sagen können.

Ich versuchte ein paarmal, diese Möglichkeit ins Spiel zu bringen. Ich sagte: »Bist du dir da sicher?«, und: »Das müssen wir nicht tun«, aber Mutter funkelte mich nur böse an, als ob ich ihre schlimmsten Befürchtungen über mich bestätigen würde, und warf weiter Sachen in die Müllbeutel.

Als wir zur Deponie kamen, war ich wütend auf sie. Ich war so wütend.

Um ehrlich zu sein, ich konnte nicht glauben, dass sie es durchziehen würde. Sie stand draußen und steckte den Kopf durch das Fahrerfenster und bat mich, ihr zu helfen, und ich starrte stur geradeaus und sah sie nicht an, weil ich Angst hatte, dass ich ihr ins Gesicht spucken würde. Direkt vor mir war eine Taube, die in dem ganzen Abfall umherhüpfte und herumstocherte, und ich beobachtete sie und dachte, bald wird sie in den persönlichen Sachen meines Vaters herumstochern, und ich nannte meine Mutter eine kalte, verbitterte, egoistische Versagerin, ich würde jedenfalls im Auto sitzen bleiben. Ich brachte sie zum Weinen.

Schließlich kamen die Typen aus dem Büro heraus und halfen ihr. Denen muss sie leidgetan haben. Die dachten garantiert, ich sei ein totaler Schwachkopf.

Was kümmerte es mich? Ich hatte das Gefühl, jemand wäre gestorben.

# Zwanzig

Es dauerte mindestens eine Woche, bis ich mir die Mühe machte, das Band abzuhören.

Violet Park scherte mich einen Dreck.

Auf der Mülldeponie stieg ich aus dem Auto, als Mutter wieder einstieg, und sorgte dafür, dass sie die Uhr richtig vor Augen bekam. Dann fuhr sie davon, und ich setzte mich zu Vaters Sachen und betrachtete sie einfach nur. Einzelne Blätter wirbelten schon aus den Kartons und flatterten umher und waren dann nicht mehr die seinen. Mich bedrückte die Vorstellung, wenn ich nicht hinsähe, würden sie einfach zu Müll werden wie all die anderen Sachen um sie herum, und das konnte ich nicht hinnehmen. Ich dachte darüber nach, wie Vaters Sachen mir ins Auge stachen, wie wertvoll sie waren im Gegensatz zu den anderen Sachen, die, wie mir mein Gehirn sagte, Müll waren. Und dann dachte ich über all den Müll nach und dass er für jemand anderen wertvoll war, und bald wurde die ganze Müllhalde zu diesem Berg von vernachlässigten und vergessenen Schätzen, die ich wie ein Falke beobachten musste.

Jemand musste es tun.

Nach einer Weile kamen die Männer, die mich für einen Schwachkopf hielten, aus dem Büro und sagten, sie würden jetzt schließen. Es war halb vier. Ich weiß das, weil ich auf Vaters Uhr sah. Seine Sonnenbrille war direkt neben mir, sie steckte seitlich in einer Bücherkiste. Ich setzte sie auf, bevor ich ging.

Ich ging zu Martha.

Ich bin sicher, wenn du seit drei Wochen mit jemandem gehst, ist es das Letzte, was du brauchen kannst, dass er wie der leibhaftige Tod vor deiner Tür auftaucht, aber in dem Moment dachte ich nicht darüber nach.

Sie öffnete die Tür, und ich fing einfach an zu weinen. Es kam einfach so. Martha sagte nichts. Sie streckte die Arme aus und ich lief irgendwie in sie hinein und sie führte mich nach oben in ihr kleines Zimmer und sie stellte mir keine einzige Frage, setzte sich nur neben mich und hielt meine Hand und holte mir einen Schluck Wasser und wartete, bis ich aufgehört hatte zu schluchzen wie ein Trottel.

Dann sagte sie, Sachen seien nichts weiter als Sachen und wenn ihre Mutter sterben würde, könne sie noch die kleinste Kleinigkeit, die ihr je gehört hätte, rauswerfen, und das würde doch nichts an den kleinen Erinnerungen an Wendy ändern, an denen sie immer festhalten würde, wie zum Beispiel die Zeit, als sie ihr das Radfahren beibrachte oder ihr den ersten BH kaufte oder ihr jeden Abend vorlas, selbst als sie zu alt dafür war.

Ich sagte, ich könne mich nicht erinnern, dass mein Vater mir jemals vorgelesen hätte, und es sei Mutter gewesen, die mir das Fahrradfahren beibrachte, und ich würde keine BHs tragen. Martha sagte, vielleicht würde ich mich an all die Sachen meines Vaters klammern, weil ich nicht genug gute Erinnerungen an ihn hätte, um die Lücken aufzufüllen.

Das war ein guter Gedanke.

# Einundzwanzig

In dieser Nacht blieb ich bei Martha. Wir blieben lange auf, und ich schlief auf dem Sofa. Ich erwachte in Gedanken an die Müllkippe und an Vaters Uhr und an Mutter. Martha brachte mir auf einem Tablett Tee und Toast.

Ich ging zu Bob und nicht zur Schule. Er hatte Mutter bereits gesehen. Sie war gestern direkt zu ihm gefahren, von der Müllkippe aus. Bob wirkte nicht allzu erfreut, mich an der Tür zu sehen.

»Um Himmels willen, mach es deiner Mutter doch nicht so schwer«, sagte er, als er mich einließ.

Er fragte mich, ob ich sie angerufen hätte, und ich zuckte die Achseln und sagte: »Noch nicht.«

»Du bist neben der Spur und das weißt du«, sagte Bob und reichte mir das Telefon. Ich muss irgendwie gezuckt haben, denn er setzte diesen stählernen Ich-mein-das-jetzt-ernst-Blick auf und sagte: »Ruf sie jetzt an oder ich erledige es für dich.«

Das war eine schwache Drohung, weil es mir eigentlich lieber gewesen wäre, wenn Bob es getan hätte, also hätte ich seinen Bluff beinahe auffliegen lassen. Aber es tat mir leid um ihn, wie er, so eingeklemmt zwischen mir und meiner Mutter, schwache Drohungen aussprach und Vaters Rolle spielte, so gut er konnte, obwohl er es nicht musste und nicht zur Familie

gehörte. Also nahm ich ihm das Telefon aus der Hand und
wählte unsere Nummer.

Niemand war zu Hause.

Es ist viel leichter, einem Anrufbeantworter zu sagen, dass es
dir leidtut, als einem echten, stocksauren Menschen, der sich
moralisch im Recht fühlt. Ich sagte: »Hallo, ich bin's, Lucas.
Tut mir leid wegen gestern. Mir war das alles zu viel. Es ist
nicht deine Schuld. Ich komm gegen später nach Hause oder
morgen. Bis dann.«

Bob war nicht beeindruckt.

Dann redeten wir über Mutter. Zuerst kam mir das merkwürdig
vor, weil ich hergekommen war, um über meinen Vater zu reden,
aber das taten wir kaum, und es machte mir nicht so viel aus.

Bob fing damit an. Er sagte: »Was meinst du, wie viel mehr sie
davon noch verkraften kann?«, und ich sagte: »Wovon?«, weil
ich eigentlich nicht bereit war, mich darauf einzulassen.

Bob rollte mit den Augen und sah eine Weile aus dem Fenster.
Dann sagte er: »Was hat sie falsch gemacht?«

Ich sagte: »Sie hat die ganzen Sachen von Dad auf den Müll
geworfen!«

Bob sagte: »Oh, wollte er sie denn alle behalten?«, und ich
sagte: »Nein, aber –«, und dann unterbrach er mich, was mich
erleichterte, weil ich nicht sicher war, was nach dem Aber
kommen sollte.

»Und vorher? Was hat sie getan, dass du letzte Woche beleidigt
warst?«

»Was meinst du damit?«, sagte ich, aber ich wusste, was er
meinte.

»Es ist nicht die Schuld deiner Mutter, dass er weg ist«, sagte
Bob. »Das weißt du, oder?«

Ich sagte Ja, und ich überlegte, was für ein schlechter Witz das war, wie ungerecht, dass ich so lange Zeit wütend war auf den Menschen, der dageblieben war, anstatt auf den, der mich verlassen hatte.

»Weiß Gott, sie hat etwas Besseres von den Männern in ihrem Leben verdient«, sagte Bob, was ziemlich genau das war, was ich dachte.

Ich sagte: »Du warst immer gut zu ihr«, und Bob lachte dieses trockene traurige Lachen, das er immer hören lässt, wenn wir über ihn und Mutter reden.

»Es war nicht ich, von dem sie verlangte, ich solle gut zu ihr sein. Das hat sie von dir und Pete gebraucht.«

Früher hatte es mich stolz gemacht, auf diese Weise in einem Atemzug mit meinem Vater genannt zu werden, Vater und Sohn, Pete und Lucas. Ich wollte unbedingt wie Vater ausse-hen und wie Vater sein und andere Leute an ihn erinnern. Jetzt bekam ich das Gefühl, schlimmer als nutzlos zu sein.

Ich wollte nicht mehr sein wie mein Vater.

Danach waren wir eine Weile still. Ich erwähnte Vaters Platten. Bob sagte, es wäre ihm eine Ehre, sie an sich zu nehmen, was nett von ihm war, wenn man's bedenkt.

Auf dem Weg nach draußen wollte ich etwas sagen, das Bob deutlich machte, dass er zu mir durchgedrungen war, dass das, worüber wir gesprochen hatten, mir etwas bedeutet hatte.

Ich wollte etwas sagen, was mich von meinem Vater unter-schied.

Denn um eins festzuhalten, ich weiß, dass meine Mutter wit-zig ist und klug. Ich weiß, dass sie uns liebt. Sie arbeitet hart, und sie macht tolle Ausflüge mit Jed, und mit uns geht sie auch manchmal weg. Sie lässt mich und Mercy unsere eigenen

Entscheidungen treffen und fragt nach unserer Meinung, als wollte sie die wirklich hören, und sie ist großartig. Und sie ist immer noch schön, wenn du mich fragst, aber ich bezweifle, dass irgendwas von ihrem Zeug im Badezimmer dabei jemals geholfen hat.

Ich weiß nicht, ob ich es richtig ausdrückte oder nicht, als ich das zu Bob sagte. Es ist viel leichter, alles zu sagen, was du sagen willst, wenn du der Einzige bist, der zuhört.

Ich war mitten auf dem Heimweg, als mir einfiel, dass Violet immer noch in Bobs Schrank war. Sie war einer der Gründe, weshalb ich dorthin gegangen war. Da stand ich auf dem Gehweg und wusste nicht, was ich tun sollte, wegen ihr noch mal zurück oder weitergehen. Ich trat von einem Fuß auf den anderen und murmelte vor mich hin, und die Leute starrten mich an, aber so sind die Leute eben. Und dann hörte ich jemand meinen Namen rufen, also blickte ich auf und sah Martha auf der anderen Straßenseite, und sie winkte mir, ich solle rüberkommen, also tat ich es.

Sie sagte: »Wohin gehst du?«, und ich sagte, ich könne mich nicht entscheiden, und da lachte sie wieder, den Kopf in den Nacken geworfen, ihren herrlichen Mund offen. Ich hatte die Hand in ihren Haaren, und sie lächelte, und sie war wie dieser Engel, ehrlich, so kam sie mir vor.

Wir gingen zu Bob zurück, und ich rannte hinein und holte den Rucksack und sagte, tut mir leid, dass ich ihn da reingestopft habe, und wollte schon wieder rausrennen. Ich hatte es eilig, zu Martha zurückzukommen, nichts weiter, aber Bob sagte: »Lucas, steckst du in Schwierigkeiten?«, und er blickte von mir zu meinem Rucksack.

Ich schüttelte den Kopf und sagte: »Nein, meine Freundin ist draußen«, und er grinste und scherzte, ich würde Kondome in seinem Schrank bunkern oder so ähnlich.

Ich rannte den Weg entlang und drehte mich um, damit ich ihn sah, und ich rannte rückwärts und zog die Urne heraus und hielt sie hoch, damit er sie sehen konnte, und rief: »Nein, ich hatte unsere Freundin Violet Park versteckt«, und ich legte meinen anderen Arm um Martha und wir gingen davon.

Ich glaube, ich tat es, weil der Witz mit den Kondomen mich irgendwie ärgerte. Aber es tat mir sofort leid. Weil Bobs Gesicht Bände sprach. Furchtbares stand darin.

Es ging mir tagelang nicht aus dem Kopf. Was ich getan hatte, ließ ihn praktisch versteinern. Ich bin sicher, er wäre uns hinterhergelaufen, wenn er sich hätte rühren können. Es war nicht nur, dass ich Asche in seiner Wohnung lagerte, was Bob so aussehen ließ. Es war echtes Entsetzen beim Klang ihres Namens; blankes Entsetzen, mit aufgerissenem Mund, als ob er einen Geist gesehen hätte. Und ich dachte damals, der Geist, den er gesehen hätte, sei der Violets, aber wie sich herausstellte, war es gewissermaßen der meines Vaters.

\* \* \*

Martha war ziemlich begeistert, dass wir die echte Violet Park bei uns hatten. Sie fragte, was wir jetzt unternehmen wollten, wir drei, und ich fragte sie, wohin sie eigentlich unterwegs gewesen war, als sie mich getroffen hatte.

Sie sagte: »Ich bin heute Morgen mit meiner Mum ins Krankenhaus gegangen, wieder wegen so einer Ladung Chemo, und ich würde heute lieber nicht mehr zurück in die Schule. Machen wir uns doch einen schönen Tag mit Violet, sie hat seit einer Ewigkeit nichts mehr unternehmen können.«

Wir kauften zwei Eintrittskarten für das London Eye. Es war, als wäre Violet drauf und dran, aus der Urne herauszuspazieren, so aufgeregt war sie. Wir spielten dieses alberne Spiel, bei dem wir alle Sehenswürdigkeiten in alphabetischer Reihenfolge erkennen mussten. A wie Aquarium, B wie Buckingham Palace oder Big Ben, C wie Canary Wharf, D wie Dulwich und so weiter (X und J sind am schwersten). Danach gingen wir auf der Wackelbrücke zur Tate Modern. Violet war einfach verrückt auf den Fluss, deshalb gingen wir hinaus in den Wind auf einen der Balkone und sahen dem Wasser zu, wie es vorbeifloss, schlammbeige und schnell und strudelnd. Ich stellte Violet auf das Geländer und legte einen Arm um die Urne, damit sie nicht runterfiel, den anderen Arm legte ich um Marthas Hüfte, und ich flüsterte ihr zu, was müssten wir für ein Bild abgeben, zwei Kinder auf einem Tagesausflug mit jemandes Asche, und sie flüsterte zurück, dass wir glücklich aussehen müssten.

Und ich dachte, obwohl ihre Mutter so krank ist und mein Vater verschwunden ist und eine große Enttäuschung ist und obwohl Violet tot ist, trotz alledem sind wir tatsächlich glücklich.

# Zweiundzwanzig

Ich hatte niemandem von Violets Tonband erzählt, nicht einmal Martha. Ich wusste damals nicht, warum, ich wollte einfach nicht. Es gehörte mir, schätze ich. Mir und Vater und Violet, wenigstens bis ich wusste, was drauf war.

Ich brauchte lange, bis ich bereit war, es mir anzuhören. Ich zog die Jalousie in meinem Zimmer herunter und machte mir eine Tasse Tee. Ich holte mir Bleistift und Papier. Ich stellte einen Stuhl und einen Tisch ans Fenster und legte das Band und den Stift und das Papier und Vaters kleinen Kassettenrekorder in eine Reihe. Ich suchte in der Küche nach neuen Batterien. Ich machte mir noch eine Tasse Tee und ein belegtes Brot und holte einen Apfel und Erdnüsse und ein paar andere Dinge; nur für den Fall, denn ich hatte keine Ahnung, wie lange all das dauern würde. Ich baute längere Zeit an einem Joint, weil ich dachte, irgendwann würde ich vielleicht einen brauchen. Dauernd ging mir im Kopf herum: »Hoffentlich ist es nicht gelöscht, hoffentlich ist was drauf.« Ich schloss die Tür ab und schloss sie wieder auf, dann schloss ich sie wieder ab. Ich glaube, ich schob die Sache hinaus, weil ich zwar darauf brannte zu erfahren, was auf dem Band war, aber zugleich Angst davor hatte. Es graute mir ein wenig davor, um ehrlich zu sein.

Ich musste es erst zurückspulen, und ich drückte den falschen

Knopf, und diese Stimme ertönte, mitten im Satz, und es war die meines Vaters. Mir wurde übel und kalt und bang, und ich schaltete sofort aus. Ich saß da und starrte das Gerät eine Zeit lang an und kramte dann meine Kopfhörer hervor. Das Letzte, was meine Mutter jetzt brauchen konnte? Die Stimme meines Vaters, irgendwo im Haus.

Durch den Kopfhörer konnte ich nicht nur hören, wie sie miteinander sprachen, sondern auch, wie sie sich bewegten und atmeten. Ich hörte Vögel vor dem Fenster des Zimmers, in dem sie saßen, und Autos. Jemand schenkte Tee ein, ich hörte einen Löffel in einer Tasse klirren.

Ich schloss die Augen – und jetzt sitze ich wirklich bei ihnen, als ob ich eine Reise in die Vergangenheit gemacht hätte.

Wir alle sind in einem Zimmer, ich und der Vermisste und die Tote.

\* \* \*

Das Zimmer, in dem wir sind, hat Bücherregale von Wand zu Wand, einen Dielenboden, der üppig lasiert ist wie mit klarem Honig, Fenster (drei), die auf einen hellen leeren Himmel und die Anhöhe des Parks hinausgehen. Wir sitzen in Segeltuchstühlen, und mein Vater kreuzt die Beine, das rechte über das linke, und er runzelt die Stirn, während er zuhört, und raucht eine Menge Zigaretten und schreibt gelegentlich etwas in ein braunes Notizbuch. Ich denke an dieses Notizbuch, wie es der Wind auf der Müllhalde auf- und zubläst, wie es vom Regen aufquillt, Mutter sei Dank. Violet sitzt in einem Stuhl gegenüber von Vater, mit leicht geöffneten Beinen und etwas vorgebeugt, darauf bedacht, seine Aufmerksamkeit zu bekommen.

Sie hat das falsche Alter. Ich meine, ich stelle sie mir viel jünger vor, als sie gewesen sein muss. Ich benutze die Fotos und das Gemälde, das ich gesehen habe, und tue mein Bestes, aber ich liege eindeutig daneben; ihre Stimme ist um Jahre älter als die der Violet, die ich sehe. Sie ist brüchig und schwankt und versagt mitten im Satz. Ihre Hände sind fahrig, während sie spricht, die Ringe, an jedem Finger einer, blitzen auf, die Nägel sind kurz und leuchten rot. Es ist so viel Leben in diesen Händen, dass mir allein schon bei ihrem Anblick die Tränen kommen.

Keiner von beiden bemerkt mich in der Ecke, bekifft und weinend und grinsend wie ein Idiot. Sie blicken nicht zu mir herüber.

»Fangen wir mit deiner Familie an«, sagt Vater. Seine Stimme lässt mein Rückgrat schmelzen.

Violet seufzt und redet, als ob sie alles schon gesagt hätte. »Ich war das einzige Kind meiner schon in die Jahre gekommenen Eltern. Sie trieben mich heftig an, etwas aus meinem Leben zu machen, denn das hatten sie nicht geschafft.«

»Hattest du eine glückliche Kindheit?«

»Oh, um Himmels willen nein!«, und sie lacht, aber man merkt, dass sie es nicht sonderlich komisch findet. »Ich arbeitete fleißig und erinnere mich nicht, viel gelacht zu haben. Sie hielten mich von anderen Kindern fern.«

»Weshalb?«

»Um Ansteckung zu vermeiden, schätze ich. Sie wollten nicht, dass ich einen Hauch von Rebellion wittere.«

»Also warst du ein braves Mädchen, ein gehorsames Mädchen?«

»Was sonst konnte ich sein, Lieber? Ich wusste nicht, dass ich eine Wahl hatte, erst später dann.«

Violets Lachen ist kehlig und tief, als hätte sie im Laufe ihres Lebens einige Tausend Zigaretten geraucht. Aber jetzt raucht sie nicht, nur mein Vater; ich kann ihn den Rauch ausblasen hören.

»Und hast du ihnen Vorwürfe gemacht?«

»Weil sie streng waren und mich abschotteten? Weil ich meinen ersten Freund mit siebzehn hatte? Natürlich, zuerst ja. Aber jetzt verstehe ich, dass sie nur ihr Bestes taten.«

»Das glaubst du wirklich?«

»Ja, Lieber, das tue ich. Ich bin sicher, ich an ihrer Stelle wäre viel schlimmer gewesen.«

»Und wie schwer war es, ihnen zu verzeihen?«

»Wie bitte? Es war leicht! Kinder wollen ihre Eltern schließlich viel eher lieben als hassen.«

Vater sagt: »Mein Gott, ich hoffe es«, und Violet zieht ihre schmalen, nachgezogenen Augenbrauen hoch und sieht ihn an. »Warum sagst du das, Peter? Sehnst du dich danach zu verzeihen oder danach, dass dir verziehen wird?«

Ich passe genau auf, was mein Vater antworten wird, und er sagt: »Ich bin ein schrecklicher Vater.« Nichts weiter.

Ich will dort rübergehen und ihm sagen, dass ich ihm das verzeihe, was er noch gar nicht getan hat, aber es stimmt nicht, und ich kann mich ohnehin nicht bewegen.

Vater fragt, was es denn sei, das Violet jetzt an ihren Eltern versteht, was hat sie getrieben, Violet anzutreiben?

Sie überlegt einen stummen Moment lang, starrt dabei an meinem Vater vorbei in die Vergangenheit.

»Ich habe oft darüber nachgedacht. Es war vor allem meine Mutter. Sie war Lehrerin, und das Leben war zu klein für sie, zu eng alles. Sie träumte davon, eine große Schauspielerin zu sein, und in der Schule hatten sie ihr erklärt, dass sie es nie schaffen würde, da sie doch reizlos war und keinen Busen hatte. Und sie glaubte ihnen, sie hatten sie gebrochen. Aber sie war gut, in meiner Erinnerung ist sie gut. Auf jeden Fall war sie eine große Stütze der Amateurtheatergruppe von Hobart. Ich sah als Kind alle Stücke, mitsamt den Proben. Tatsächlich glaubte ich, sie *sei* eine Schauspielerin, bis sie mir zur Schule folgte und anfing Unterricht zu geben. Es war eine schreckliche Enttäuschung für uns beide.«

Mein Vater sagt nichts. Er sieht sie an und nickt und wartet, dass sie fortfährt. »Vater war Bankangestellter. Er ging recht förmlich mit uns um. Ich bin nicht sicher, ob er sich zu Hause je entspannt hat. Aber er schätzte Disziplin und Routine, deshalb billigte er die strengen Regeln meiner Mutter. Er hatte vermutlich ein wenig Angst vor dieser leidenschaftlichen, unerfüllten Frau und seiner musikalischen, einzelgängerischen Tochter.«

»Du warst ein musikalisches Kind?«

»Oh ja, sehr«, sagt sie. »Im Theater jagte ich meiner Mutter einmal einen fürchterlichen Schreck ein. Ich spielte ein Stück, das ich nur einmal gehört hatte, eine Minute zuvor, fehlerlos von Anfang bis Ende durch. Als ich es dann noch einmal wiederholte, suchte sie in dem Klavier nach einem verborgenen Mechanismus. Ich glaube, es war ein kleines Menuett von Mozart, nichts Spektakuläres. Ich habe es völlig vergessen.«

»Wie alt warst du damals?«

»Drei oder vier«, sagte Violet, und in der Stille habe ich das Grinsen auf dem Gesicht meines Vaters vor Augen.

»Drei oder vier«, wiederholt er.

»Ich glaube, es wäre ihnen lieber gewesen, wenn es nie passiert wäre«, sagt sie. »Wie ich höre, ist es sehr anstrengend, es mit so einem Kind zu tun zu haben, einem besonderen Kind.«

Und dann sagt mein Vater etwas so Unerwartetes, dass ich nicht weiß, wo ich hinsehen soll. Er sagt: »Mein Sohn Lucas ist ein seltsames Kind.«

Da sitze ich in diesem Zimmer und starre auf meine Schuhe. Meine Füße in Vaters Schuhen und er sagt so etwas über mich.

»Oh, gut«, sagt Violet, »reden wir über etwas anderes. Ich bin schrecklich gelangweilt von mir selbst. Erzähl mir von diesem seltsamen Kind, das du hast, diesem Lucas. Wie alt ist er?«

»Zehn.«

Das bedeutet, die Aufnahme stammt aus dem Jahr, in dem Vater verschwunden ist. Ich versuche mich zu erinnern, wie ich mit zehn war. War ich seltsam?

»Magst du ihn?«, sagt sie. »Kommt ihr miteinander zurecht?«

»Ich weiß nicht. Ich glaube nicht, dass er mich sonderlich mag.«

Ich denke: *Doch, das tue ich, du Idiot, doch das tat ich.*

»Und warum ist er seltsam?«, sagt Violet, und ich kann es nicht fassen, dass sie sich nach mir erkundigt, sie reden über mich, während ich in einer Ecke sitze und zuhöre. Eigentlich eine Ehre für mich, wenn nur das nicht wäre, was sie tatsächlich sagen.

»Er ist viel mit sich allein beschäftigt. Er starrt mich an. Ich glaube, er hegt einen Verdacht gegen mich.«

»Was für einen Verdacht?«

»Später vielleicht. Ein andermal«, sagt mein Vater, und das Komische ist, er sieht mich an, als er es sagt, als wüsste er, dass ich lausche.

»Hast du Kinder?«, fragt er, und sie runzelt die Stirn und schüttelt den Kopf, während sie an ihrem Tee nippt, wie Leute an ihrem Tee nippen, wenn er viel zu heiß ist, nur um etwas zu tun.

»Nein«, sagt sie. »Ich habe nie welche gewollt. Ich bin nicht der mütterliche Typ, ich bin zu egoistisch. Ich wäre zu Hause gesessen und hätte ohne Publikum Klavier gespielt. Das hatte ich nie vor. Ich wusste immer, dass ich keine bekommen würde.«

»Was hat dich so sicher gemacht? Wie alt warst du, als du das wusstest?«

»Ich wollte nicht wie meine Mutter werden – all das verhinderte Talent. Sie war eine bedrückte, verbitterte Frau, die ihr Leben widerwillig im Dienst anderer verbrachte. Sie hätte es als einen furchtbaren Verrat angesehen, wenn ich eine Familie gehabt hätte.«

»Weil deine Mutter unglücklich war, hast du also beschlossen, dass Muttersein nichts für dich ist?«

»Richtig. Obwohl eingebildete Kinder überhaupt kein Problem sind.«

»Eingebildete Kinder?«

»Ja. In den Fünfzigerjahren erfand ich einen ziemlich glamourösen Sohn namens Orlando, er war, je nach der Party, auf der ich war, ein Rennfahrer oder Pferdetrainer oder Stuntman.«

»Du hast den Leuten von ihm erzählt?«

»Natürlich! Deshalb hatte ich ihn ja erfunden. Er war unwiderstehlich. Sie konnten nicht genug von ihm kriegen. Worüber sonst hätte ich auf all diesen Partys reden sollen? Über b-Moll? Die Garderoben und die Verpflegung in den Pinewood Studios? Orlando brachte ein wenig Leben in die Sache.«

Mein Vater lacht, es ist dieses strahlende, alles vereinnahmende Lachen, und ich kann kaum glauben, dass ich es fast vergessen habe. Wenn ich meinem Vater etwas Lustiges sagte und ihn lachen hörte, hatte ich immer das Gefühl, stolz und geistreich und innerlich warm zu sein.

»Das kann ich dir nicht glauben«, sagt er, und er lacht noch und wischt sich die Augen. »Du hast ein Kind erfunden, damit du auf Partys ein Gesprächsthema hast? Wer war der Vater?«

»Oh, über *den* redete ich nie«, sagt Violet mit einem Lächeln. »Vielleicht ließ ich gelegentlich durchblicken, dass er furchtbar berühmt war. Das erhöhte den Einsatz, verstehst du, gab dem Skandal eine besondere Würze. Vaterlose Kinder waren in der damaligen Zeit eine unerhörte Neuigkeit, nicht wie heute, wo niemand die Stirn runzelt.«

Ich schon, möchte ich einwerfen. Ich habe die Stirn gerunzelt, als ich ein vaterloses Kind wurde.

Mein Vater sagt: »Erzähl mir, wie es war, in Tasmanien aufzuwachsen«, und Violet sagt: »Für mich war es das Paradies, das Meer und die Berge und die Hitze. Ich dachte, ich müsse zu den Glücklichen gehören, hier geboren zu sein. Und dann fand ich heraus, dass es gar nicht uns gehörte, wir hatten es seinen Bewohnern gestohlen. Kannst du dir vorstellen, was das für ein Gefühl war?«

Mein Vater sagt: »Hast du dich verantwortlich gefühlt?«, und Violet sagt: »Nun ja, einige in meiner Familie mussten das.« Und dann hält sie inne und sagt: »Es war wie ein Blutfleck auf einer weißen Weste. Ich fühlte mich schrecklich den Blicken anderer ausgesetzt, schrecklich schuldig.«

»Wie hast du das herausgefunden?«, fragt mein Vater, und sie sagt: »Ich habe es in einem Buch gelesen. Ich war nicht älter als acht oder neun. Ich saß für mich allein auf einem Kissen in der Ecke der Bibliothek von Hobart. Sehr glänzende Böden in der Bibliothek von Hobart, sehr hohe Decken.«

»Wie hieß das Buch?«

»Glaubst du mir, dass ich mich nicht erinnern kann? Es lag auf dem Boden unter einem Regal und es tat mir so leid, also hob ich es auf und fing an zu lesen.«

»Das Buch hat dir leidgetan?« Mein Vater lächelt.

»Ich bin ein sehr gefühlsbetonter Mensch«, sagt Violet, und sie rutscht ein wenig auf ihrem Stuhl, raschel, raschel. »Du kannst dir vorstellen, wie leid mir die Aborigines taten.«

Violet hat nur den winzigen Hauch eines Akzents in der Stimme. Sie spricht ein sehr gediegenes Englisch, ganz deutlich und scharf und schneidig, mit nur einem leichten australischen Einschlag. Ich denke über ihre Stimme nach, und mein Vater tut dies offenbar auch, denn er sagt: »Ist das der Grund, weshalb du alle Spuren deiner Heimat aus dem Leben, aus deiner Stimme getilgt hast?«

»Oh, meine Wut nahm ab, je weiter ich mich von meiner Heimat entfernte«, sagt sie. »Und mit dem Alter wurde ich sanfter. Jetzt bin ich stolz, eine Tasmanierin zu sein. Ich wünschte nur, ich hätte ein paar mehr eingeborene Kriegerfrauen als Gesellschaft. Ich meine, was habe ich getan? Beim Film Piano gespielt.«

»Und deine Stimme?«, sagt mein Vater. »Du klingst vollkommen britisch.«

»Ich musste Sprechunterricht nehmen, um in meiner Branche irgendwie voranzukommen. Ihr Tommys habt mich alle für eine Schafschererin gehalten«, und für diesen Satz legt sie ihren fettesten, schleppendsten tasmanischen Akzent auf, und beide lachen kurz, zwei verschiedene Oktaven auf einer großen Tonleiter.

Er fragt sie, wann sie Tasmanien verlassen hat, und sie sagt: »Ich war siebzehn. Das war eine Zeit, nach London zu kommen, meine Güte. Ich wollte an der Royal Academy studieren. Als ich hier ankam, war es, als hätte jemand das Licht ausgemacht. Es gab keine Hitze, keine gleißende Sonne, keine Farbe. Es war zu fremdartig, zu bedrückend. Ich stand auf der Westminster Bridge und stellte mir vor, wie das Wasser der Themse den ganzen Weg nach Australien zurückfließt, den ganzen Weg zurück nach Hause.«

»Hattest du Heimweh?«

»Ja, sehr. Aber ich habe gelernt, damit zu leben, weil ich nicht zurückwollte. Ich ging nie zurück.«

»Bedauerst du das? Würdest du gerne wieder dorthin?«

»Ich gehe nirgends mehr hin außer unter die Erde, Lieber.«

»Ach, Violet, das ist noch eine Weile hin.«

»Nicht, wenn ich ein Wörtchen mitreden kann.«

Ich und mein Vater blicken sofort auf zu Violet, als sie das sagt, unsere Köpfe zucken genau im selben Moment hoch. Es ist nicht so sehr, was sie sagt, eine schlichte, beiläufige Bemerkung, die belanglos sein könnte.

Es ist die Art, wie sie es sagt. Die Stille zwischen ihnen dehnt sich, während ich ihn beobachte, wie er sie beobachtet, als sie es sagt.

»Wozu ist dieses Interview eigentlich, Lieber?«, fragt sie, das Thema wechselnd, und mein Vater sagt, es sei nicht für das Buch, nur für ein Porträt, vielleicht für eine Sonntagszeitung, nichts Besonderes, aber er möge es gern gründlich.

Violet sagt: »Und ich habe mir eingebildet, du wolltest nur ein wenig Zeit mit mir verbringen«, und sie lächeln einander zu in der Stille auf dem Band.

»Wirst du meinen Nachruf schreiben? Ich möchte, dass du es tust.«

»Wenn ich noch da bin«, sagt Vater, und ich denke: *Das wirst du, so ungefähr ein Jahr lang, und dann wirst du in ein gro-ßes schwarzes Loch fallen.* Ich frage mich, ob ihr Nachruf das Letzte war, das er geschrieben hatte, bevor er ging, falls er ihn überhaupt geschrieben hat.

Dann hustet Violet und rutscht auf ihrem Stuhl, der quietscht, und sagt: »Und jetzt bin ich es leid, mir selbst beim Reden zuzuhören. Ich werde dir fünf Fragen über dein Privatleben stellen, für mein eigenes Porträt. Und lass das Band laufen, das ist nur fair.«

# Dreiundzwanzig

Wenn du jemanden interviewen könntest und fünf Fragen stellen dürftest, die ehrlich beantwortet werden müssen, wer wäre das und was würdest du ihn fragen? Das ist eines von diesen Fragespielen, die immer wieder kommen, wie etwa, wenn du drei Persönlichkeiten aus der Geschichte treffen könntest, welche wären das? (Mahatma Gandhi, Kurt Vonnegut, Bill Hicks), oder welche vier Dinge würdest du auf eine einsame Insel mitnehmen? (eine Jacht, ein Wasserentsalzungsgerät, einen iPod, dessen Batterien ewig halten, und Martha, aber das ist geschummelt). Immer wenn du sie beantwortet hast, überlegst du es dir sofort anders, und es fällt dir etwas Besseres ein, das du hättest sagen sollen. Bei mir jedenfalls ist es so.

Ich bin mir nicht sicher, ob ich meinen Vater wählen würde. Wenn ich irgendjemanden interviewen könnte, dann hätte ich natürlich die Pflicht, die Wahrheit aus jemandem wie George Bush rauszukriegen, weil die Sache mit meinem Vater nur mein Problem ist, aber selbstgerechte, irregeleitete, strohdumme Weltpolitiker das Problem von allen sind. Aber angenommen, mein Vater wäre noch am Leben, und ich hätte die Gelegenheit, ihn zu interviewen, dann würde ich ihn das hier fragen.

1. Wo zum Teufel hast du seit dem 16. Oktober 2002 gesteckt?
2. Warum hast du dich nicht gemeldet?

3. Lag es an etwas, das wir getan haben?
4. Tut es dir vielleicht leid?
5. Was soll jetzt passieren?

Violet stellte meinem Vater fünf Fragen. Ich kenne sie und seine Antworten praktisch auswendig, weil ich sie inzwischen x-mal angehört und zu begreifen versucht habe, was er sagte, und herauszuhören, was er nicht mit Worten sagte, wenn du verstehst, was ich meine.

Inzwischen weiß ich, dass es kaum noch ein Jahr dauerte, bis er ging, und seinen Antworten ist anzumerken, dass er schon darüber nachdachte.

Wann und wo warst du am glücklichsten?
*Auf einem Hausboot in Chelsea Wharf, um 1985. Ich war mit Bob auf einer Party. Wir waren betrunken, ich war gerade aus der Rehaklinik gekommen und hatte einen Job bei der* Times *gekriegt, und ich war drauf und dran, das Mädchen kennenzulernen, das ich heiraten würde, alles an einem Tag.*

Was bedauerst du am meisten?
*Nicht die Erwartungen der Menschen zu erfüllen, die ich liebe. Ich komme nach Hause und sehe, dass sie enttäuscht sind. Das ist kein gutes Gefühl. Das und das Scheitern der Diplomatie in der Weltpolitik.*
*Und dass ich meinen richtigen Vater nicht kenne. Such dir was aus.*
(Wie fühlt sich mein Vater wegen Jed, frage ich mich, da es ja immerhin an ihm liegt, dass noch jemand seinen richtigen Vater nie kennengelernt hat? Ich kann nicht fassen, wie Leute

sich im Leben im Kreis drehen und die Fehler wiederholen, durch die sie zuallererst verkorkst wurden. Man sollte meinen, manche Leute wären zu klug, um das zu tun.)

Wer waren die einflussreichsten Menschen in deinem Leben?
*Nicky, weil sie mich liebt, obwohl ich ganz schlecht darin bin, ihre Liebe zu erwidern.*
*Bob, weil er immer da war, ohne ihn hätte ich nicht halb so viele Erinnerungen, obwohl er sein eigenes Leben grandios vor die Wand gefahren hat und meine Frau anhimmelt, der Blödmann.*
*Ein Typ namens Mitchell Malone, ein Krankenhauspförtner, der ständig auf Speed war und mich wegen einer Pokerschuld beinah umgebracht hätte. Er hätte es tun können, ich hatte keine Chance. Er hätte meine Leiche in den Fluss geworfen und niemand hätte es rausgekriegt, aber er hat es sich anders überlegt und mich laufen lassen. Ich hab nie erfahren, warum. Er hatte viel Einfluss, meinst du nicht auch?*

Was läuft falsch mit der Welt, Peter?
*Gott, ich weiß es nicht. Wo anfangen? Leute schmeißen hin. Wir sind kleinmütig und legen uns nicht mehr ins Zeug und kämpfen nicht und freuen uns nicht am Leben. Egal, worauf du zu sprechen kommst – Krieg, Arbeit, Heirat, Demokratie, alles läuft schief, weil alle nach einer Weile den Versuch aufgeben, wir können einfach nicht anders.*
*Und frag mich nicht nach der Lösung, weil ich der Schlimmste bin. Ich würde morgen fliehen, wenn ich könnte, vor allem und jedem, das ich immer wollte.*
(Da kennt sich einer aus. Wart noch eine Weile, Pete, dann machst du es.)

Wenn ein guter Freund dich darum bitten würde, würdest du ihm beim Sterben helfen?

*Gott, ich weiß es nicht. Ich glaube an das Recht zu sterben, wenn es das ist, was du wissen willst. Ich meine, wenn Leute krank sind oder keine Lebensqualität haben und geistig gesund sind und sich verabschieden wollen, wer bin ich denn, dass ich sie aufhalte? Aber ich weiß nicht, ob ich ihnen dabei helfen könnte. Ich bin ein Feigling. Meine Freunde wissen, dass ich einer bin. Die würden einen Mutigeren nehmen. Die würden mich nicht bitten.*

Ich bitte dich darum, Peter.

Das ist die Stelle, an der das Band abbricht. Es schaltet sich laut ab, als wäre jemandes Faust drauf gelandet, die Faust meines Vaters, weil Violet ihn gerade bittet, sie zu töten. Auf Band.
Eben das tat ich auch, ich schlug das Ding fast vom Tisch, weil ich nicht fassen konnte, was ich da hörte.
Es dauerte eine Weile, bis ich mich an die Stille meines eigenen Zimmers gewöhnt hatte. Ich öffnete die Augen und zog die Kopfhörer herunter, und ich war wieder allein mit mir, so viele Jahre später, lauschte noch ihren Stimmen hinterher, versuchte zu hören, was nicht mehr da war, was er vielleicht zu ihr gesagt haben könnte, als das Band angehalten war und er sich noch eine Zigarette angezündet hatte, mit zitternden Händen, während sie ruhig Tee nachschenkte.
Mein Gott, was hätte er sagen sollen?
*Das soll wohl ein Witz sein.*
*Natürlich meinst du das nicht ernst.*
*Sehr komisch, Violet.*

*Nur über meine Leiche.*

*Wie kannst du es wagen?*

*Versuch's doch mit Selbstmord (stürz dich vor einen Zug, spring von der Archway Bridge, schieß dir in den Kopf usw. usw.).*

Oder vielleicht sagte er: *Ja, in Ordnung, ich mach's.*

# Vierundzwanzig

Marthas Mutter ist gestorben. Wendy ist gestorben.

Es hatte dauernd geheißen, damit müsse man rechnen, es war nicht allzu überraschend, dass es passierte, aber Martha sagt, egal wie oft du vorgewarnt wurdest oder wie sehr du darauf gefasst bist, der Tod ist trotz allem etwas Plötzliches und trotz allem ein Schock.

»Eben noch war sie da«, sagte sie, »und war meine Mutter, und eine Minute später war sie für immer nirgends mehr. Wieso sollte es leichter sein, weil ich seit zehn Jahren wusste, dass es passieren würde?«

Sie brachte mich zum Nachdenken, über diesen jähen, endgültigen Moment, da jemand stirbt, und ich stellte fest, genau das ist mir durch das zwielichtige Verschwinden meines Vaters in gewisser Weise erspart geblieben. Die Linien um ihn her sind alle verschwommen, die Linien, die zwischen Leben und Tod trennen, als wäre er die ganze Zeit, seit er fort ist, allmählich verblassend zum Tod hinübergeschwebt. Zu erfahren, dass mein Vater jetzt tot ist, wäre immer noch ein Schock, aber nichts im Vergleich zu dem Schock für Martha, die am Morgen Wendys Hand hielt, als sie noch lebte, und dann am Nachmittag, als sie tot war. Sie sagte, sie hätte hinabgesehen auf die tote Hand ihrer Mutter in der ihren und gedacht: Sie wird mich nie wieder berühren. Sie dachte: Es ist nicht mehr meine

Mutter, es ist nur eine Hand, und sie musste aus dem Zimmer gehen und sich erbrechen.

Das Begräbnis war ziemlich schlicht, wenn ich an Wendys frühere Hoffnungen auf den Ganges denke. Zum einen war es in einer Kirche, und der Pfarrer sprach dauernd von Gott, bei dem sie, wie ich wusste, ihre Zweifel hatte.

Marthas Vater las ein Gedicht vor, es handelte davon, dass das Sterben nur ein Loslassen sei und Freisein und sogar Geborenwerden bedeute, und es war unglaublich, weil es voller Hoffnung war und das Totsein so darstellte, als gäbe es nichts, was cooler und lockerer wäre. In dem Gedicht war das Totsein nicht etwa das Ende von allem, es war nur das Ende dessen, der du warst, mit all den Schwierigkeiten und Erinnerungen und verrückten Ideen, die auf dir lasten, wenn du am Leben bist.

Wenn du es so betrachtest, dann ist Sterben für manche Leute nicht die schlechteste Möglichkeit.

Hinterher war das Haus proppenvoll, und die Leute standen buchstäblich Schlange, um zu sagen, wie toll und bewundernswert und furchtlos Wendy war. An der Wand des Treppenhauses lief eine Diaschau mit Bildern von ihr, wie sie ein Kind war, bei der Studienabschlussfeier, bei der Heirat, wie sie die kleine Martha hielt, wie sie strahlte, wie sie krank aussah, wie sie lachte mit allen ihren eigenen Haaren. Die Leute nahmen sich viel Zeit dafür, es sich anzusehen, selbst als die Dias durch waren und sich die Bilder wiederholten. Ich denke, der Grund dafür war, dass sie weiter mit ihr zusammen sein wollten und dass sie ihr nie mehr so nah sein würden.

Martha fühlte sich nicht wohl im Haus, wo alle über Wendy redeten und sich betranken, also machten wir einen Spaziergang, ohne bestimmtes Ziel. Es wurde richtig dunkel und aus allem entwich die Farbe und die Straßenlaternen waren noch nicht an, um alles orange zu färben. Auf den Straßen wurde gelacht, und Leute drängten sich in Pubs und rannten von einer Straßenseite zur anderen. Ich dachte dauernd: Wissen die denn nicht, dass ihre Mutter gerade gestorben ist?

Schließlich saßen wir auf einer Mauer vor einem Bestattungsunternehmen, ausgerechnet. Martha lachte und weinte zugleich. Sie sagte, in so einer Zeit könne sie sich nicht vorstellen, mit jemand anderem zusammen zu sein.

»Damit du es weißt, wir gehören jetzt zu einer Familie, du und ich«, sagte sie, und ich wollte mich nicht gut fühlen, weil sie das gesagt hatte, denn es war die Beerdigung ihrer Mutter, aber ich fühlte mich gut.

\* \* \*

Martha weint oft. Sie sagt, ich soll mich ruhig daran gewöhnen, weil sie das noch eine ganze Weile hauptsächlich tun wird, selbst wenn ihr eigentlich nicht danach ist. Sie hat recht. Uns beiden ist aufgefallen, dass sie am meisten weint, wenn sie glücklich ist, zum Beispiel wenn wir zusammen sind, wenn wir uns nur treiben lassen oder wenn sie wegen irgendetwas laut loslacht. Martha sagt, das ist deshalb, weil sie in dem Moment, wo sie merkt, dass sie glücklich ist, ein schlechtes Gewissen bekommt, weil sie vergessen hat, ihre Mutter zu vermissen.

Ich sagte, nur weil sie nicht über ihre Mutter nachdenkt, heißt das nicht, dass sie sie nicht vermisst. Es ist nur ein anderer Teil des Gehirns, der sich um das Vermissen kümmert, das ist alles.

# Fünfundzwanzig

Vor dem Tonband war mir alles, was Violet und mein Vater miteinander zu tun hatten, als Gedankenspielerei vorgekommen. Es schien lächerlich, dass die beiden tatsächlich etwas miteinander verband, außer der Tatsache, dass sie nicht da waren. Und dann plötzlich, als ich zuhörte, wie sie miteinander redeten, schien es mir, dass gerade ihre Abwesenheit sie auf gewisse Weise verband, und darauf wäre ich nie im Traum gekommen.

Was ich sicher wusste, war dies:

Violet bat meinen Vater, ihr beim Sterben zu helfen.

Und dann was?

Sagte mein Vater Ja oder Nein? Denn wenn er Ja sagte, ändert das alles.

Denn wenn du dich darauf einlässt, jemandem sterben zu helfen, und du kurz danach verschwindest, ist es ziemlich wahrscheinlich, dass diese beiden Tatsachen miteinander zusammenhängen.

Ich versuche mich zu erinnern, wie mein Vater war in jenen Monaten vor Violets Tod und bevor er uns verließ, wie er damals war, als ich zehn war und (wie er behauptet) seltsam war und vor mich hin starrte, was ihm wohl nicht sonderlich behagte. Dachte er die ganze Zeit darüber nach, einer alten Dame sterben zu helfen?

Oder träumte er nur davon, wie er die Flucht ergreifen könnte? Ich denke viel darüber nach, und ich vermute, die Sache lief ungefähr so.

Nachdem Violet meinen Vater gebeten hatte, sie zu töten, nachdem das Tonband gestoppt war, nachdem sie die Bitte vielleicht wiederholt hatte, sagte mein Vater NEIN.

Vielleicht stand er auf und lief ein wenig im Zimmer hin und her, aber im Grunde muss er ziemlich ruhig gewesen sein, sich gewiss, dass es für ihn nicht infrage kam, ihr zu helfen, und mochte sie ihn noch so sehr bitten.

Denk daran, mein Vater tat nicht viel für andere, und ihn um so etwas zu bitten war schon ein Hammer.

Wenn man Geburtstage vergisst und Hochzeitstage, wenn man seine Kinder nie in die Schule bringt oder in den Zoo oder ins Londoner Planetarium, wenn es einem schon riesige Umstände macht, mal jemanden mit dem Wagen zum Bahnhof zu bringen, dann kommt Beihilfe zum Selbstmord überhaupt nicht infrage. Das war einfach zu viel verlangt.

Aber was wäre, wenn Violet ihn dazu brachte, sich anders zu besinnen?

Es ist nicht unmöglich.

Wie könnte man so etwas angehen, jemanden überreden, dass er dich töten soll?

Du müsstest sehr überzeugend sein.

Ihm auf die Nerven gehen und nachbohren und einfach nicht lockerlassen hätte nie funktioniert. Meinen Vater ließen solche Methoden kalt.

An sein gutes Herz zu appellieren wäre so schwierig gewesen, wie eine Stecknadel im Heuhaufen zu finden. Mein Vater war kein guter Samariter.

Wie hätte Violet ihn also überzeugen können?

Konnte sie ihn, ohne dass auch nur der Hauch eines Zweifels blieb, davon überzeugen, dass sie keinen guten Grund hatte weiterzuleben?

Warum wollte sie denn überhaupt sterben? Das muss sie ihm erklärt haben.

Vielleicht litt sie unter etwas, was sie ohnehin umgebracht hätte, an Krebs oder einer Herzkrankheit oder Parkinson oder an Langeweile.

Vielleicht hatte sie es satt, allein zu leben, mit ihrem eingebildeten Sohn und ihren Schallplatten und ihren versagenden Händen.

Vielleicht versprach sie ihm eine saftige Erbschaft. Diese Theorie funktioniert, denn dann hätte er sein Verschwinden finanzieren können, und wenn er wirklich vorhatte zu gehen, war ein Haufen Bargeld die beste Karotte, die sie hätte anbieten können.

Noch etwas, was ich weiß:

Nicht ganz ein Jahr nachdem sie dieses Band aufgenommen hatten, starb Violet. Ich bin nicht sicher wie – ich hoffe, friedlich im Schlaf. Und mein Vater sprang ziemlich bald darauf von Bord.

Das kann doch kein Zufall sein, oder?

Also hat er es vielleicht doch getan.

Vielleicht war es mein Vater, der Violet sterben half.

Und falls er es getan hat, frage ich mich, wie.

Man müsste ziemlich vorsichtig sein, denn natürlich darf es nicht nach Mord aussehen, und es darf nicht mal wie Beihilfe zum Selbstmord aussehen, außer wenn man in Holland lebt und vielleicht in manchen Teilen Skandinaviens.

Es war vermutlich eine Überdosis, Schlaftabletten und Alkohol und Schmerzmittel.

Aber warum brauchte Violet dann überhaupt meinen Vater, denn das hätte sie doch selbst tun können?

Wahrscheinlich wollte sie nur, dass er ihre Hand hielt, während sie ging, oder sich vergewisserte, dass sie wirklich tot war, ehe er jemanden rief, damit man sie nicht aus dem Tunnel mit dem Licht am Ende zurückzerrte.

Ich wette, sie hatte Angst und sie brauchte jemanden, mit dem sie reden konnte, oder jemanden, der dabei war, falls sie sich in letzter Minute anders besinnen würde. Denn das wäre ziemlich schlecht, wenn du mittendrin bist, dich zu töten, und dich dann anders entscheidest und nichts mehr dagegen machen kannst.

Darüber will ich lieber nicht nachdenken.

Vielleicht nahm sie ihre Tabletten, und dann erstickte er sie, damit alles ein wenig schneller ging. Wenn du die einmal geschluckt hast, muss das Warten ziemlich übel sein.

Ich würde alles geben, um zu erfahren, ob er wirklich ein wenig mitgetötet hat.

Aber vielleicht sagte ja er Nein und ließ sie damit allein.

# Sechsundzwanzig

Während ich mich um Martha kümmerte und diese ganze Geschichte mit Pete und Violet für mich behielt und versuchte, netter zu meiner Mutter zu sein, passierte es irgendwie, dass ich Bob für ein bis zwei Wochen aus den Augen verlor.

Vielleicht bin ich ihm auch aus dem Weg gegangen.

Weil mir klar war, dass ich eigentlich zu ihm gehen und herausfinden sollte, was er wusste.

Und sagen, dass es mir leidtat, was passiert war.

Als ich Bob dann traf, merkte ich sofort, dass er eine Menge wusste. Er konnte mir nicht in die Augen sehen. Außerdem sah er furchtbar aus, als ob er nicht geschlafen hätte, seit ich ihn das letzte Mal getroffen hatte, was, wie sich herausstellte, tatsächlich stimmte. Er macht einen ganz zerknitterten Eindruck und war unsicher auf den Beinen, kratzte sich am Hintern, der in einer alten Schlafanzughose steckte, und hatte merklich getrunken.

Bob hatte seit Jahren kein Glas Alkohol mehr angerührt. Seit sein Leben in Stücke zerbrochen war und er es wieder zusammengeklebt hatte.

Es war eine Riesenleistung für Bob, nicht zu trinken.

»Was ist los?«, sagte ich, und ich hatte Angst wie ein kleines Kind. Bob sagte kein Wort. Er ging nur zurück ins Haus und ließ die Eingangstür offen.

Den ganzen Flur entlang hatte er Schlagseite nach links und stieß dauernd gegen die Wand. Ich folgte ihm und dachte: Bin ich schuld daran?

»Nich deine Schuld«, keuchte mir Bob an der Zimmertür ins Gesicht. Er stank nach Alk.

»Wirklich nicht?«, sagte ich.

»Nein!«, grunzte er, während er irgendwie versuchte, mit der Schulter die Tür aufzustoßen. Irgendwas lag im Weg (Jacken, haufenweise Jacken und Bettlaken auf dem Boden), und weil sie nur einen kleinen Spaltbreit aufging, mussten wir uns hindurchquetschen.

Die Wohnung war ein Schlachtfeld. Es sah aus, als hätte Bob jeden Schrank und jede Schublade und jedes Regal auf dem Boden ausgeleert und das ganze Zeug auf einen Haufen getan und sich dann darin herumgewälzt.

»Was hast du hier gemacht, Bob?«, sagte ich. »Mein Gott!«

»Ich hab was gesucht«, sagte er mit verkniffenen Augen, dann zuckte er die Achseln. »Find es nicht.«

»Was hast du gesucht, vielleicht eine Sitzgelegenheit?«, fragte ich, denn das tat jedenfalls ich.

»Oh, setz dich auf den Boden, setz dich hin, wo du stehst!« Bob wedelte mit den Händen, er war genervt, also schob ich mit dem Fuß einen Schreibmaschinendeckel, eine faulige Banane und ein paar Unterhosen weg und setzte mich. Dann stand ich wieder auf, weil der Boden nass war.

»Warum trinkst du, Bob?«, sagte ich. »Was ist hier passiert?«

Ich verstummte, weil ich am Fenster etwas Vertrautes sah – einen Karton, aus dem Papier quoll; einen Spülmittelkarton, den ich meine Mutter aus dem Auto hatte holen und auf den Müll werfen sehen. Dann drehte ich mich langsam im Zimmer umher und nahm alles in mich auf. Da waren noch weitere Sachen, mehr Kartons, die meisten unausgepackt, stapelweise Notizbücher und Illustrierte und Kram.

Vaters Sachen.

Nicht alles, was wir auf den Müll geworfen hatten, nicht mal annähernd, aber ziemlich viel davon.

Bob suchte in den Sachen meines Vaters nach etwas.

»Bob, was zum ...?«

»Ich konnte es einfach nicht finden«, sagt er, und er weinte und schüttelte den Kopf und weinte, das Gesicht hinter seinem Bart zusammengeschrumpft. »Ich bin fünfmal dahin gegangen, gottverdammt, und hab die Sachen zu Fuß hierher- und wieder zurückgetragen, und ich hab es verflucht noch mal nicht gefunden.«

Ich fragte ihn, was er denn nicht finden konnte, bekam aber nichts Vernünftiges aus ihm heraus. Er schluchzte nur und schüttelte den Kopf und stand mitten in seiner vermüllten Wohnung, als ob es längst nicht mehr nur darum ginge, was er finden konnte oder nicht. Dann goss Bob zwei Gläser randvoll und drückte mir eines in die Hand.

»Trink nur«, sagt er. »Trink nur«, und ich wollte nicht, aber Bob leerte alles in einem Zug und schenkte sich nach.

Dann starrte er mich mit völlig glasigen Augen an und sagte: »Du bist überhaupt nicht wie dein Vater«, und ich fragte ihn, was er damit meine.

»Pete war mein bester Freund, und ich habe ihn geliebt, aber er war ein schlechter Mensch«, sagte Bob, und es stand einfach so zwischen uns, dieses Wort »schlechter Mensch«, und keinem von uns behagte es, dass er es ausgesprochen hatte, obwohl wir beide unsere Gründe hatten, es für wahr zu halten.

»Verrätst du mir, wonach du suchst?«, sagte ich.

Bob sagte, er wolle mir überhaupt nichts verraten. Er sagte: »Es war zum Kotzen, die ganze Zeit davon zu wissen.«

»Weißt du, wo er ist?«, sagte ich. Das wäre am schlimmsten für mich, wenn er die ganze Zeit gewusst hätte, wo mein Vater war, und es mir nicht gesagt hätte.

»Gott, nein«, sagte Bob. »Glaubst du, ich hätte es vor dir geheim halten können?«

»Ich weiß nicht, Bob«, sagte ich, und ich fing langsam an, wütend zu werden. »Was verbirgst du vor mir?«

Bob sah eine Minute lang an mir vorbei ins Leere. Dann sagte er: »Ich weiß etwas über deinen Vater. Etwas, was er getan hat.«

»Etwas, was er getan hat?«, sagte ich, wie ein Echo. Ich hasse es, wenn Leute das tun.

»Jaah«, sagte Bob. »Wir haben uns deswegen gestritten.«

»Was hat er getan?«, sagte ich.

»Er sagte, er hätte es nicht getan, aber das war eine Lüge«, sagte Bob.

»Worum ging es denn?«, sagte ich.

»Um Violet.«

Ich hätte mich fast übergeben. »Violet?«

Bob nickte. »Violet Park. Die Dame in der Urne, die du hier, ohne zu fragen, versteckt hast.«

Ich sagte, es tue mir leid. Bob sah mich an und sagte: »Also war wirklich sie da drin?«

»Ja«, sagte ich, und dann musste ich fragen: »War sie tot oder lebendig, als ihr euch wegen ihr gestritten habt?«

»Sie war seit drei Tagen tot«, sagte Bob. »Dein Vater hatte sie gefunden.«

Die Haare an meinen Armen kribbelten. Mein Magen spannte sich und erschlaffte wieder.

Mein Vater hatte sie gefunden. Das brachte ihn irgendwie an den Ort des Verbrechens.

»Sie gefunden? Wie?«

Bob zuckte mit den Achseln. »Zu Hause. Tot in ihrem Haus.«

»Mein Gott!«, sagte ich. »Wie ist Violet gestorben? War es das Alter?«

Bob schaute drein, als würde er am Rand einer Schlucht stehen und im nächsten Moment springen wollen.

»Überdosis«, sagte er, mit starrem Blick zu Boden.

Ich bin mir nicht sicher, was passiert, wenn dein Körper einen Adrenalinstoß erlebt. Das Herz hämmert in dir, das weiß ich, und du hast das Gefühl, das ganze Blut entweicht aus deinem Gehirn und deinen Augen und deinen Fingern.

»Sie hat sich also umgebracht?«, sagte ich.

Bob zuckte mit den Achseln. Dann schüttelte er den Kopf. Er mied meinen Blick.

»Die Sache ist die«, sagte er mit tränenerstickter Stimme, »dein Vater hat mich angelogen.«

»Wie angelogen?«, sagte ich. »Weswegen?«

»Er sagte, er sei zu Hause und passe auf dich auf. Du hattest Windpocken. Aber Nicky platzte vor Wut, weil er nicht zurückgekommen war, sie hatte ihn nicht gesehen und ...«

»Ich weiß noch, dass ich Windpocken hatte«, sagte ich.

Ich weiß noch, dass meine Mutter Backpulver draufgetan hatte, damit es nicht mehr juckte, und ich hatte noch Schorf von den Windpocken zu der Zeit, als ich merkte, dass ich keinen Vater mehr hatte.

»Woher weißt du das?«, sagte ich. »Woher weißt du, dass mein

Vater dort war? Woher weißt du, dass er nicht auf mich aufgepasst hat?«

»Oh, komm mir nicht mit so was, Lucas«, sagte Bob, und ich wusste, was er meinte. Mein Vater verbrachte nie mehr als fünf Minuten damit, auf mich aufzupassen, wenn ich krank war. Jeder, der ihn kannte, wusste, dass es ein beschissenes Alibi war.

Ich hätte einiges darauf sagen können. Aber ich tat es nicht.

Bob sagte: »Violet Park hatte ihr Testament geändert und deinem Vater alles vermacht.«

»Wusste er das?«, sagte ich. »Vielleicht nicht.«

»Er wusste es«, sagte Bob. »Wir redeten darüber. Er sagte es mir.«

»Und was genau hat er gesagt?«, fragte ich.

»Wenn das alte Mädchen das Zeitliche segnet, bin ich stinkreich«, sagte Bob und starrte mich durchdringend an.

Ich schloss die Augen und versuchte nachzudenken.

»Hast du ihm vorgeworfen, dass er sie umgebracht hat?«, sagte ich, irgendwie verwundert über Bobs Unverfrorenheit.

»Lucas, ich habe Violet am Tag, als sie starb, gesehen, und sie war *glücklich*.«

»Ach?«, sagte ich. »Vielleicht war sie glücklich, weil sie beschlossen hatte, an diesem Tag zu sterben.«

Bob starrte mich an. »Das ist genau das, was dein Vater gesagt hat.«

Ich sah auf die Fensterscheibe, in der sich das Zimmer spiegelte. Ich folgte mit dem Blick dem Muster des Teppichs. Ich wollte Bob überhaupt nicht ansehen. Was, wenn er das nicht getan hätte, wenn er seinen Mund gehalten hätte? Wäre mein Vater noch da?

»Ich kannte Violet«, sagte er. »Sie hätte sich nicht umgebracht. Sie hat das Leben geliebt.«

»Ich kannte Dad«, sagte ich. »Er wäre nicht weggelaufen. Er hat uns geliebt.«

Darauf sagte Bob nichts.

Und als ich ihn schließlich ansah, war er weggekippt, sinnlos betrunken.

* * *

Ich ging nirgends hin, während er schlief. Ich tat nicht viel.

Ich hockte in dem Dreck und dachte über dies und jenes nach. Natürlich wusste ich von dem Tonband, dass Violet sterben wollte. Bob war nicht mal halbwegs im Bild, und das musste ich ihm sagen. Aber zunächst fragte ich mich, ob es der Mühe wert war. Ich war so wütend auf ihn, weil er unrecht hatte, weil er meinen Vater womöglich dazu gebracht hatte, fortzugehen. Ihm nichts zu sagen schien mir eine passende Strafe, aber nur für kurz.

Ich wusste, dass es im Grunde nicht Bobs Schuld war.

Ich wusste, dass mein Vater kein guter Mensch war.

Der Gedanke war mir schon eine ganze Weile durch den Kopf gegangen, aber ich hatte ihn nicht beachtet.

Und ich fühlte mich schlecht, weil ich so dachte.

Aber im Grunde hatte ich keine Wahl.

Das ist es, was du tust, wenn du erwachsen wirst, du stellst dich Dingen, denen du lieber aus dem Weg gegangen wärst, und du nimmst die Tatsache hin, dass niemand so ist, wie du eigentlich gedacht hättest, vielleicht nicht mal im Entferntesten.

Mein Vater war gewiss nicht der, für den ich ihn all die Jahre gehalten hatte.

Es lag nicht an dem, was Bob oder Jed oder Norman oder Mutter über ihn gesagt hatten. Es lag nicht mal an Violet.

Es kam alles von mir, die Zweifel und die schlechten Gedanken.

Die Stimme in meinem Kopf war meine Stimme, also konnte ich ihr nicht entkommen.

Und die Stimme sagte, ich hätte es die ganze Zeit gewusst. Sie sagte mir, ich hätte alle Beweise, die ich bräuchte.

Vielleicht hatte er Violet getötet, vielleicht auch nicht. Ich wusste nichts.

Und das ist der Punkt.

Der Beweis, den ich hatte, war wiederum genau der Grund, weshalb ich mir in nichts sicher sein konnte, was ich über ihn gesagt hatte, der Grund, weshalb ihm all die Vorwürfe und die Kritik erspart geblieben sind, mit denen ich meine Mutter in den letzten Jahren traktiert habe, der Grund, weshalb ich ihn hinaufgehoben hatte auf ein Podest für Begnadete und Unberührbare.

Er war nicht da.

Und während ich nicht alle Hoffnung aufgegeben hatte, dass er durch irgendeinen verrückten Zufall ums Leben gekommen war oder von Außerirdischen entführt oder irrtümlich in ein Irrenhaus gesteckt worden war oder in einem Krankenhaus lag und die Reste seiner Erinnerungen zusammenklaubte, dämmerte mir allmählich, dass es sich in Wahrheit eher so verhielt, dass mein Vater einfach abgehauen war, weil ihm danach war. Violet hin oder her, es waren wir, die ihm am Arsch vorbeigingen. Er hatte genug. Und damit ist er auch durchgekommen. Ja gewiss, mein Vater war cool und klug und witzig und hübsch, und er hatte einen tadellosen Geschmack, und auf

Bildern sieht er gut aus, aber das alles ergibt zusammen überhaupt nichts.

Und ich war wütend, weil ich so lange gebraucht hatte, bis es mir aufging. Ich überlegte, wie schwierig es für Mutter und Bob gewesen sein musste, sich den Mund zu verkneifen, während ich ihn in einen Helden verwandelte, wie oft sie sich mit der flachen Hand vor den Kopf geschlagen haben mussten, während ich in seinen Anzügen herumlief und seine Musik hörte und ihn in den hellsten Tönen malte.

Ich tat es nur, weil ich ihn liebte.

Und ich dachte: Ist Violet deshalb zurückgekommen, um mir das zu zeigen?

Wartete sie im Fegefeuer, um mir deutlich zu machen, wie mein Vater wirklich war?

Und was sagt es über meinen Vater, dass sein bester Freund ihn für fähig hielt, einen Mord zu begehen?

Nicht viel.

Schließlich weckte ich Bob auf und fing an zu reden.

»Ich habe Violet in einem Taxibüro gefunden. Damals wusste ich nicht, dass sie irgendwas mit Vater zu tun hatte«, sagte ich. »Ich wollte sie nur irgendwohin bringen, wo sie es besser hatte. Das war kein guter Platz für sie. Und dann wussten anscheinend alle, wer sie war – du und Norman und Jed und die Zahnärztin wussten es. Und sie tauchte ständig überall auf, und ich hatte das Gefühl, als versuchte sie, meine Aufmerksamkeit zu gewinnen, als versuchte sie, mir etwas zu sagen, aber ich wusste nicht, was es war. Und dann fand ich ein Tonband mit ihrem Namen drauf, deswegen behielt ich es. Das Ding hat es nicht bis zur Müllkippe geschafft.«

Jetzt blickte Bob zu mir auf.

»Es sind Violet und Vater drauf, sie reden miteinander«, sagte ich. »Sie hat ihn darum gebeten, Bob. Am Ende des Bandes sagt sie: *Ich bitte dich, mir sterben zu helfen.*«

Er vergrub das Gesicht in den Händen und weinte, als ich das sagte.

Aber ich wusste nicht, was ich mit alldem anfangen sollte.

Ich wusste nicht, was ich denken oder wie ich mich fühlen sollte. War alles besser oder war alles schlimmer?

# Siebenundzwanzig

Wenn ich ein richtiger altmodischer Detektiv gewesen wäre oder wenn ich immer noch meinen alten Detektivspielzeug-kasten gehabt hätte, dann hätte ich Violets Urne bestäubt und auf Fingerabdrücke untersucht. Es waren acht verschiedene Abdrücke drauf, weil acht Leute sie in der Hand hatten, als sie tot war.

Ich,
Martha,
Pansy (nahm sie wahrscheinlich runter, um Staub zu wischen),
Norman (im Glauben, es sei Pansy),
Mr Soprano aus dem Taxibüro,
Jawad Saddaoui, der Bauingenieur aus Marokko, in dessen Taxi Violet vergessen wurde,
Mr Francis Macauley im Krematorium von Golders Green,
Pete Swain, vermisster Journalist, Todesengel und mein Vater.

Wenigstens war er so anständig, ihr Begräbnis zu organisieren. Wenn man das organisieren nennen kann, denn außer Bob und ihm war niemand dabei.
Bob sagte, sie seien dem Leichnam nach Golders Green gefolgt und hätten sich danach in einem Pub um die Ecke die Kante gegeben.

Am Tag nach dem Streit mit Bob holte mein Vater die Asche ab. Das Krematorium hat es in den Akten verzeichnet, dass sie abgeholt wurde. Ich habe es nachgeprüft.

Also war es mein Vater, der die Asche auf dem Rücksitz eines Taxis liegen ließ und verschwand, mein Vater, der sie und auch seine Frau verließ, seine Eltern, seine Tochter und seine beiden Söhne (einer noch nicht geboren) und seinen besten Freund.

Ich bin zu dem Schluss gekommen, dass man es auf zwei Weisen sehen kann:

1. Violet bat meinen Vater, ihr beim Sterben zu helfen, und brach sein Herz. Er sagte Nein, aber sie überzeugte ihn, dass sie es wollte und es sonst alleine machen müsste. Er half ihr, weil sie ihm etwas bedeutete, und brach unter dem Druck fast zusammen. Dann beschuldigte ihn sein bester Freund des Mordes und es wurde ihm klar, dass niemand ihm glauben würde und er im Gefängnis landen konnte, weil er ihr geholfen hatte. Das gab ihm den Rest, und er musste fort, weg von allem, weg von uns. Man liest von Leuten, die es für weniger tun.

   Mit anderen Worten, er war ein guter Mensch, der etwas Mutiges und Selbstloses getan hat und mit den Folgen nicht zurechtkam.

2. Violet sterben zu helfen war seine Fahrkarte weg von hier – hilf einer alten Dame, gewinn ein neues Leben. Mein Vater tat es nicht für Violet, im Grunde kümmerte sie ihn einen Dreck. Er tat es für das, was sie ihm dafür versprach (genug Geld, um eine neue Identität anzunehmen), und sein Gewissen zuckte nicht mit der Wimper.

   Das macht ihn zu einem eigennützigen, kaltherzigen, soziopathischen Borderliner.

Ich kann mich nicht zwischen diesen beiden Sehweisen oder einer der grauen Zonen zwischen ihnen entscheiden, und letztlich vermute ich, dass es auch keine Rolle spielt.

Er tat, was er tat. Sie bekam, was sie wollte. Er verschwand.

Das sind die Dinge, die zählen.

# Achtundzwanzig

Violet wartete schon auf mich, als ich von Bob nach Hause kam. Es war etwa vier Uhr morgens und ich stahl mich hinein und machte auf der Treppe nicht allzu viel Lärm, selbst mein Atmen hörte sich zu laut an. Ich schloss die Zimmertür hinter mir ab und holte Violet unter dem Bett hervor. Ihre Urne war so schön. Die komplizierte Maserung des Holzes trat deutlich hervor, sie lag glatt poliert und makellos in meinen Händen. Hatte mein Vater das auch gedacht, als er sie ausgewählt hatte? Oder hatte er das Billigste aus dem Katalog genommen und war ihm gar nicht aufgefallen, wie sie glänzte?

Ich saß mit ihr auf dem Boden, während die Vögel erwachten und der Himmel wässrig grau wurde und Leute in ihre Autos stiegen und versuchten, sie anzulassen.

Violet hatte nicht ohne Grund fünf Jahre in dieser Urne verbracht. Für mich hatte alles damit angefangen, dass ich mich fragte, warum sie sich mich ausgesucht hatte, ihr zu helfen. Ich hatte über ihr Begräbnis nachgedacht, über ihr Testament und über die Suche nach ihrem letzten Ruheplatz. Ich hatte geglaubt, es sei ihr Wille, dass ich ein Problem für sie löse. Ich hatte nicht gewusst, dass sie etwas für mich tat. Ich hätte nie im Traum daran gedacht, dass sie mich zu meinem Vater führen würde.

Es tat mir leid, dass sie beschlossen hatte, genug vom Leben zu haben.

Ich umarmte sie in ihrem edlen, kalten, hölzernen Behälter und wünschte mir, ich hätte sie kennenlernen können, als sie noch am Leben war.

Wir warfen ihre Asche in die Themse. Ich rief mir ihre Worte von dem Tonband in Erinnerung, bei Heimweh hätte sie sich vorgestellt, wie das Wasser bis nach Hause zurückfließen würde, und ich dachte, wenn sie es so wollte, könnte dies ihr Weg nach Hause sein, und wenn nicht, dann eigentlich überallhin. Der Wind wehte den größten Teil von ihr zurück in unsere Gesichter, in meines und Marthas und Bobs. Wir nahmen ein Taxi nach Westminster Bridge, hinter einem Wagen voller Bauarbeiter. Ihre Schutzhelme waren auf der Heckablage, und sie sahen aus wie Eier, die dort im Nest lagen und gemeinsam über die Bodenschwellen hüpften.

Auf dem Heimweg fühlte ich mich traurig und müde und leer, als wäre sie eben erst gestorben. Die Urne war so anders ohne sie.

Ich hoffe, sie gelangte dorthin, wo sie hinwollte. Ich hoffe, sie hat gefunden, weswegen sie zurückgekommen ist.

Ich hoffe, indem ich blindlings in dieses Taxibüro ging, konnte ich ihr ein wenig helfen.

Und ich vermute, das ist der Grund, weshalb ich es jemand sagen musste, warum ich die Dinge aufschreiben musste.

Ich wollte etwas hinzufügen zu dem, was sie hinterlassen hatte – eine Handvoll Filme, ein Porträt, ein Kontaktabzug und ein Tonband.

Violet hat mein Leben verändert, und ich wollte verhindern, dass ihr Leben sich in nichts verwandelte.

# Neunundzwanzig

Vor einigen Tagen hat Bob etwas zu mir gesagt.

Wenn mein Vater es wegen dem Geld gemacht hätte, könnte ich mich damit trösten, dass sie ihm doch nicht alles hinterlassen hatte.

Ich sagte: »Was soll das heißen?«, oder: »Woher weißt du das?«, und dachte an das Porträt, das sie der Zahnärztin vermacht hatte, wie es in ihrem Testament stand.

Und Bob sagte, er hätte einen Nachruf gelesen, etwa einen Monat nach ihrem Tod, einen langen und schmeichelnden, geschrieben von einem Musikbibliothekar von der York University. In dem Nachruf hieß es, Violet würde in ihrem einzigen Sohn weiterleben, der ihr gesamtes Vermögen geerbt hätte, darunter Häuser in Australien, Neuseeland, London und den USA.

»Sie hatte keinen Sohn«, sagte ich.

»Doch«, sagte Bob. »Und ich erinnere mich an seinen Namen, weil er ungewöhnlich war. Er hieß Orlando.«

Mir war schlecht vor Wut und Aufregung, denn Violet hatte Orlando Park erfunden. Das wusste ich von dem Tonband, und das wusste auch mein Vater.

Plötzlich, nachdem ich ihn geliebt und in das Loch gestarrt hatte, das er hinterlassen hatte, und nachdem ich versucht hatte, ohne ihn aufzuwachsen – plötzlich wusste ich, wo mein Vater war.

Und ich wusste, er war nicht tot, der Schweinehund.

Er war stinkreich, wie reich das auch immer sein mag, ließ sich die Sonne auf den Bauch scheinen und lebte von Violets Geld.

Ich ging in mein Zimmer und schlug ein Loch in die Wand, aber ich weinte nicht.

Ich fühlte mich glücklich. Wütend glücklich.

Und ich tat etwas, was ich niemand erzählte: nicht Bob, nicht Martha, bestimmt nicht meiner Mutter. Ich habe keine Ahnung, ob es der Anfang von etwas ist oder das Ende, und ich versuche meine Gedanken daran zu hindern, in diese Richtung zu gehen. Ich tat es, und jetzt warte ich ab, was passiert, bevor ich es irgendjemandem sage.

Ich schickte ein Paket an Orlando Park auf der Violet Farm, Turungakuma, South Island, Neuseeland. Ich fand ihn im Internet. Er war schon beim ersten Mal da gewesen, als ich nach Violet gesucht hatte. Vor meiner Nase, und ich hatte ihn nicht gesehen.

Ich schickte ihm Violets leere Urne, die er im Krematorium abgeholt und auf dem Rücksitz eines Taxis hatte liegen lassen. Und ich klebte einen kleinen Zettel darauf, auf die andere Seite von Violets Namen.

Darauf stand:

Pete Swain

1958–2002

R. I. P.

Wer weiß, vielleicht lässt er etwas von sich hören? Wahrscheinlich nicht.

Violet sei Dank ist das verdammt viel weniger wichtig als früher.

Danke danke danke

Veronique Baxter
Stella Paskins
Gillie Russell
Jane Griffiths
Belinda Hollyer
Pat und Chris Cutforth
und der wunderbaren Lauren P.

DIE ZEIT empfiehlt:
*Wer ist Violet Park?*


Zwei Fragen stellen sich dem Leser nach der Lektüre von Jenny Valentines Buch »Wer ist Violet Park?«. Erstens: Ist das jetzt ein Krimi? Zweitens: Können 16-jährige Jungs wirklich so feinfühlig sein wie Lucas, die Hauptfigur des Buches?

Mitten in der Nacht entdeckt Lucas Swain, fast 16, in einer verrauchten Taxizentrale im Norden Londons eine Urne, in der sich die Asche einer alten Dame namens Violet Park befindet. Die Urne ist vor ein paar Jahren auf dem Rücksitz eines Taxis vergessen worden, und seitdem fristet sie auf einem Aktenregal ihr Dasein. Lucas wird das Gefühl nicht los, dass die Asche darin zu ihm spricht. Nun können tote Damen natürlich nicht sprechen, das ist auch Lucas klar. Doch was die Entdeckung in der Taxizentrale mit ihm macht, das ist Lucas höchstens schon einmal mit gleichaltrigen Mädchen passiert, aber noch nie mit einer Toten: Sie lässt ihn nicht los. Als würde sie sagen: »Nimm mich mit. Ich gehöre zu Dir, ich habe Dir einiges zu erzählen.« Und so kommt es tatsächlich: Lucas rettet Violet. Und ein bisschen auch sich selbst, aber das weiß er natürlich noch nicht. »Mir kam es so vor, als wäre ich in diesem Moment ihre einzige Hoffnung.«

An dieser Stelle ließe sich kurz die Beantwortung von Frage eins einschieben: Krimi – ja oder nein? Nun, es gibt eine Tote – Violet Park. Und jemanden, der ihrer Geschichte auf die Spur kommt – nämlich Lucas. Und dabei entwickelt er durchaus detektivisches Gespür. Am Ende haben wir es sogar mit einer Art Mord zu tun, je nachdem, wie man es interpretiert – andere würden eher sagen: Sterbehilfe. Die Geschichte ist verwoben und verrückt, gruselig wird sie an keiner Stelle. Aber das ist ja auch nicht schlimm, nicht jeder Krimi lässt einen abends schwer einschlafen. Also: ein Krimi. Und ein richtig guter.

»Wer ist Violet Park?« ist das erste Buch der britischen Autorin Jenny Valentine (die mittlerweile noch viel bekannter geworden ist durch die Bücher »Kaputte Suppe« und »Meine kleine Schwester Kiki und ich«), und gleich für dieses Debüt bekam die 41-Jährige einen renommierten Literaturpreis verliehen. Zu Recht. Valentine schreibt wie beiläufig, webt eine irre Geschichte, streut hier und da ein paar Hinweise ein und lässt auch ihren Helden in die Irre laufen. Dabei trifft sie scheinbar mühelos genau den Ton eines 16-Jährigen – seine Coolness, seine Unsicherheit, die Grübeleien und wegweisenden Einsichten. Das ist hohe Kunst. Dass Lucas auf einmal mit der Suche nach Violet Park seiner eigenen Lebensgeschichte nachspürt, macht die wilde Story für den Leser nur noch fesselnder. Er findet schnell heraus, dass Violet Park jemanden gut gekannt hat, der vor fast sechs Jahren spurlos verschwunden ist, von einem auf den anderen Tag: Lucas' Vater Pete. Ein Riesenschock war das damals für Lucas und seine Familie: für Mutter Nick, Schwester Mercy und den kleinen Bruder Jed. »Als Vater wegging, war das, was uns verband, eben sein Fehlen, die Tatsache, dass wir ihn vermissten und über ihn nachdachten und auf der Straße nach seinem Gesicht suchten. Auf seltsame Art war das Loch, das er hinterlassen hatte, der Kitt.« Alle anderen aus der Familie haben es längst aufgegeben, nach dem verlorenen Vater zu suchen.

Lucas aber kann das nicht. Noch immer trägt er dessen alte Anzüge auf und ist stolz, wenn seine Mutter über die Ähnlichkeiten zwischen ihm und seinem Vater schimpft. Manchmal wünscht sich Lucas, dass allein seine intensiven Erinnerungen an Pete ihn irgendwie zurückholen könnten.

Aber vielleicht hilft es ja auch, wenn er mehr über die gemeinsame Geschichte von Violet Park und Pete Swain herausfindet. Wer könnte etwas darüber wissen? Seine Mutter Nick? Die kann er beim besten Willen nicht darauf ansprechen. Sie ist in Lucas' Augen zu sehr damit beschäftigt, mit ihrem verpfuschten Leben als alleinerziehende Mutter zweier Pubertierender und eines Kleinkinds zu hadern. Seine Geschwister? Mercy flüchtet sich in Jungs- und Drogengeschichten, und an dem kleinen Jed ist vor allem »toll, dass er unseren Vater nie kennengelernt hat und ihm das nichts ausmacht«. Die Großeltern Pansy und Norman? Der demente Großvater Norman scheint mehr zu wissen, als er zugibt, aber kann man seinen Äußerungen überhaupt noch trauen? Und was ist mit Bob, Petes bestem Freund von früher, der immer noch gern Lucas' Mutter trösten würde? Lucas setzt schließlich das komplizierte Mosaik seiner Lebensgeschichte – und der von Violet Park – zusammen. Ein paarmal hilft der Zufall. Lucas lernt eine Menge über Kinder und Erwachsene und darüber, wie wenig sie manchmal voneinander wissen, über den Tod, über Trauer, Erinnerungen, Glück – und über die Liebe, denn die trifft er nebenbei auch noch, und die fühlt sich richtig gut an.

Was er bei der Suche über den verschwundenen Vater erfährt, ist nicht immer schön, oft schmerzt es sogar. Lucas muss von den Vorstellungen Abschied nehmen, die er sich mangels echter Erfahrungen von seinem Vater gemacht hatte. Doch so kommt er seinem wirklichen Vater besser auf die Spur, als er jemals gedacht hätte.

Ein zentrales Thema bei Jenny Valentine sind Familien und ihre Geheimnisse. In einem Interview hat sie einmal gesagt: »Familien haben immer Geheimnisse. Und Erwachsenwerden bedeutet, dass dir das bewusst wird: dass deine Eltern nicht nur deine Eltern sind, sondern Menschen, die etwas verbergen.« Und damit wäre auch irgendwie die zweite Frage beantwortet: Lucas hat einiges kapiert über seine Familie. Und, ja, Teenager, die so reif mit ihren Gefühlen umgehen können, die gibt es durchaus. Und für all diejenigen, die mit dieser Sichtweise noch ihre Schwierigkeiten haben, bietet sich »Wer ist Violet Park?« als perfekte Nachhilfe an.

*Von Silke Stuck*